Ben Kryst Tomasson
DER WEIHNACHTSMORDCLUB

AF143183

RL rütten & loening

BEN KRYST
TOMASSON

Der
Weihnachts
Mordclub

EIN SYLT-KRIMI

 rütten & loening

ISBN 978-3-352-01012-5

Rütten & Loening ist eine Marke
der Aufbau Verlage GmbH & Co. KG

3. Auflage 2024
© Aufbau Verlage GmbH & Co. KG, Berlin 2024
www.aufbau-verlage.de
10969 Berlin, Prinzenstraße 85
Der Verlag behält sich das Text- und Data-Mining nach § 44b UrhG vor,
was hiermit Dritten ohne Zustimmung des Verlages untersagt ist.
Bei Fragen zur Sicherheit unserer Produkte wenden Sie sich bitte an
produktsicherheit@aufbau-verlage.de
Satz Greiner & Reichel, Köln
Druck und Binden CPI books GmbH, Leck, Germany

Printed in Germany

1

Marijke Meenken lief durch den Garten zum Briefkasten, ein flottes Weihnachtslied auf den Lippen, das sie leise vor sich hin sang. Ihre gefütterten Hausschuhe hinterließen kleine Rautenmuster in der dünnen Schneeschicht auf dem Weg. Sie öffnete die Klappe und zog die Zeitung und ein paar weiße Umschläge hervor. Als sie den Briefkasten wieder schloss, löste sich etwas aus dem Stapel und segelte zu Boden. Eine bunte Karte, die sich im weißen Schnee seltsam ausnahm.

Marijke hob sie auf und blinzelte. Sie hatte es tatsächlich vergessen. Oder verdrängt?

Gesprochen hatten die Kinder ja schon oft davon, doch dass sie es wirklich wahr machen würden? Weihnachten unter südlicher Sonne! Und nun hielt Marijke die Postkarte in der Hand. Mit spanischer Briefmarke, mehrfach geknickt und mit einem Eselsohr an der linken oberen Ecke. Was nicht schlimm war. Es war eine billige Karte in grellen Farben ohne besonderen Reiz. Meer, Strand und ein kurzer Gruß mit dem Zusatz, dass es einfach toll dort unten sei.

Die Post unter den Arm geklemmt, ging Marijke zurück ins Haus. Also würde sie dieses Jahr ohne ihre Familie feiern. Zugegeben, man hatte sie gefragt, ob sie mitfahren wollte. Aber Marijke hatte ihr Leben lang jedes Weihnachtsfest auf ihrer Insel begangen. Wie sollte man unter Palmen und praller Sonne in die passende Stimmung kommen? Nein. Sie wollte Weihnachten auf Sylt feiern, nicht auf Mallorca. Und wenn ihre Familie nicht bei ihr sein wollte, würde sie es sich eben allein zu Hause gemütlich machen.

Marijke zog die Haustür hinter sich ins Schloss und stampfte ein paarmal auf der Fußmatte herum, bevor sie ins Wohnzimmer ging. Die Zeitung und die Briefe legte sie auf dem Esstisch ab, bevor sie nachdenklich den Blick hob. Vielleicht könnte sie ja Grethe einladen? Die Klempnerwitwe hatte keine Familie und verbrachte die Weihnachtstage gewöhnlich mit Puzzeln. Sie machte sich nichts aus dem Fest. Es gab bei ihr weder einen Weihnachtsbaum noch irgendwelchen anderen Schmuck oder *Gedöns*, wie die Freundin es nannte. In ihren Augen war das Fest zu Gruppenzwang und Konsumterror verkommen, und weder dem einen noch dem anderen wollte sie sich unterwerfen. Aber womöglich hätte sie ja Lust, gemeinsam etwas zu kochen und anschließend mit einem Glas Wein am Kamin zu sitzen?

Marijke wollte gerade zum Telefon greifen, als es zu klingeln begann.

Witta Claaßen, stand auf dem Display.

Sie nahm das Mobilteil aus der Station und meldete sich.

»Hallo Witta.«

»Marijke!«, scholl ihr die empörte Stimme der Landarztwitwe entgegen. »Du glaubst nicht, was passiert ist.«

»Was denn?« Marijke sammelte ein paar heruntergefallene Nadeln vom Adventsgesteck auf der Anrichte ein. Sie war nicht beunruhigt. Witta machte aus allem ein Drama. Es war selten so schlimm, wie es klang.

»Sören hat mir eine Nachricht geschickt. Eine E-Mail.« Sören war Wittas Sohn, der seit vielen Jahren als Flying Doctor im Senegal arbeitete. Vor Kurzem hatte er seiner Mutter einen Computer geschenkt. Zu Marijkes Erstaunen kam die Freundin, die bisher schon mit ihrem Seniorenhandy Schwierigkeiten gehabt hatte, gut damit zurecht. Sie machte Videokonferenzen mit Sören und verbrachte plötzlich jede Menge Zeit im Netz.

»Er schreibt, er kann nicht kommen«, klagte Witta. »Zu Weihnachten. Angeblich ist die Not zu groß.«

»Dann sind wir schon zu zweit«, erwiderte Marijke und trug die gesammelten Nadeln in die Küche. »Raik und die Mädchen kommen auch nicht. Sie feiern auf Mallorca.« Sie öffnete den Mülleimer und warf die Nadeln hinein.

»Mallorca?« Witta sprach den Inselnamen aus, als handelte es sich um irgendetwas höchst Unappetitliches. »Wie kommt man denn auf eine solche Idee? Weihnachten ist doch nirgendwo sonst so schön wie auf Sylt.«

Was exakt Marijkes Ansicht war, aber sie kam nicht dazu, Witta zuzustimmen. In ihrem Telefon erklang ein Piepen.

»Warte mal kurz. Da klopft jemand an.« Sie nahm das Mobilteil vom Ohr, schaltete Witta in die Warteschleife und nahm das Gespräch entgegen.

7

»Marijke!«, erklang die Stimme von Alma Grieger. »Du glaubst nicht, was passiert ist!«

Marijke kniff die Augen zusammen. Hatte sie ein Déjà-vu? Oder, richtiger gesagt, ein Déjà-entendu? Genau diese Worte hatte doch Witta zwei Minuten zuvor verwendet. Bei Alma war derselbe Text allerdings durchaus ein Grund zur Sorge.

»Jeske lässt sich scheiden«, berichtete die Bäckerwitwe. »Sie zieht gerade aus dem gemeinsamen Haus aus, und Jorin hilft ihr.«

Jeske war Almas Tocher, Jorin ihr Sohn.

»Du liebe Güte.« Marijke wusste nicht, was sie sagen sollte. Alma hatte ein gutes und entspanntes Verhältnis zu ihren Kindern. Sie lebten weit entfernt, trafen sich jedoch regelmäßig zu Familienfeiern und zu Weihnachten.

»Was mache ich denn jetzt?«, fragte Alma. »Ich habe bergeweise Zutaten für Kuchen und Plätzchen gekauft, und nun kommt niemand.«

»Albert auch nicht?« Alma hatte den Chauffeur vor ein paar Jahren im Golfresort kennengelernt, als ihre gemeinsame Freundin Kari dort gearbeitet hatte. Seitdem waren die beiden ein Paar.

»Sein Chef will die Feiertage am Genfer See verbringen. Albert muss ihn fahren.«

»Also sind wir an Weihnachten alle allein«, erkannte Marijke.

»Wieso? Was ist denn mit Raik? Und mit Sören?«

Marijke erklärte es ihr.

»Aber das ist doch wunderbar!«, freute sich Alma. »Dann können wir zu viert feiern, Witta, Grethe, du und ich.«

Marijke gab einen nichtssagenden Laut von sich. Sie liebte ihre Freundinnen, mit denen sie sich regelmäßig zum Häkeln traf. Sie unternahmen auch gemeinsame Spaziergänge, gingen zum Kurkonzert in Westerland und engagierten sich bei der Sylter Ornithologischen Gesellschaft SOG. Nur an Weihnachten hätte sie gern zur Abwechslung mal etwas anderes getan.

»Ja, du hast recht«, stimmte Alma ihr zu, obwohl sie gar nichts gesagt hatte. »Immer nur zu Hause herumzusitzen, ist langweilig. Ich habe eine bessere Idee. Pass auf ...«

Wieder ertönte ein Piepen in Marijkes Ohr. Witta! Marijke hatte sie glatt vergessen!

»Entschuldige«, unterbrach sie Alma. »Ich habe Witta auf der anderen Leitung. Warum treffen wir uns nicht heute Nachmittag zum Kaffee und besprechen alles?«

»O ja. Ich backe noch rasch einen Kuchen. Um drei?«

Marijke stimmte zu und verabschiedete sich. Dann tippte sie auf den Knopf am Telefon, der die Verbindung zu Witta wiederherstellte.

• • •

Zwei Stunden später stand Alma Grieger vor der Tür von Marijkes hübschem Reetdachhaus in Braderup. Sie hatte sich in einen warmen Mantel gehüllt und einen dicken Schal umgeschlungen, weil es so kalt geworden war. Jetzt, nach dem kurzen Fußweg von der Bushaltestelle zu Marijkes Haus, mit dem Korb voll Kuchen in der Hand, war ihr jedoch fast heiß. Nicht wegen der Bewegung, sondern vor Aufregung. Das Faltblatt in ihrer Hosentasche schien förmlich ein Loch hineinzubrennen. Was die anderen wohl von ihrem Vorschlag halten würden?

Marijke öffnete die Tür. Ihr Gesicht war gerötet, und ihre Augen strahlten. Sie half Alma aus dem Mantel und schloss die Freundin in die Arme.

»Witta und Grethe sind schon da«, sagte sie und nahm Alma den Korb mit dem Kuchen ab. »Geh einfach durch. Ich komme gleich mit dem Kaffee.«

Alma hängte ihren Schal an die Flurgarderobe und betrat das Wohnzimmer. Grethe erhob sich vom Sofa und umarmte sie. Witta, die wie immer Marijkes bequemsten Sessel in Beschlag genommen hatte, winkte nur und rückte ihre weiße Marlene-Dietrich-Dauerwelle zurecht.

Alma setzte sich zu Grethe aufs Sofa, Marijke brachte den Kaffee und den aufgeschnittenen Kuchen. Sie machten sich darüber her, und Alma erzählte von dem bösen Streit, der dazu geführt hatte, dass ihre Tochter sich scheiden lassen wollte.

»Gut, dass Jeske und ihr Mann nicht zu Weihnachten kommen«, befand Witta. »Die hätten dir nur die Stimmung verdorben.« Sie bemerkte die scheelen Blicke, die

Marijke und Grethe ihr zuwarfen. »Na ja. Schöner wäre es natürlich, wenn sie sich versöhnen würden«, ruderte sie zurück und goss ein wenig Milch in ihren Kaffee. »Was ist denn mit Frau Blom und Hauptkommissar Voss?«, versuchte sie von ihrem Fauxpas abzulenken. »Feiern die vielleicht auf Sylt?«

»Nein«, sagte Marijke. »Kari hat mir geschrieben, dass sie zu Weihnachten alle zusammen bei ihrer Familie in Kiel sind.«

»Hm.« Witta kaute eine Weile darauf herum. Die Undercover-Ermittlerin war ihnen eine liebe Freundin geworden, und sie hatten schon einige Male gemeinsam bei Hauptkommissar Jonas Voss den erfolgreichen Abschluss eines Falls gefeiert. In den letzten Jahren war Kari häufig zu Einsätzen auf Sylt gewesen, doch seit die kleine Lotta auf der Welt war, hatte sich ihr Lebensmittelpunkt verschoben. Alma sah, dass Witta von einer sentimentalen Regung erfasst wurde, diese jedoch gleich wieder abschüttelte. »Was ist das nun für eine Idee, die du hast?«, fragte sie.

Alma zog das Faltblatt aus der Tasche. »Ich dachte, wir könnten uns ein bisschen sozial engagieren.«

Witta kräuselte die Stirn.

»In der Kirchengemeinde St. Paul in Archsum«, fuhr Alma rasch fort. »Der neue Pastor macht eine große Weihnachtsveranstaltung. Mit Krippenspiel, Basar, einem Back- und einem Handarbeitswettbewerb.«

»Wettbewerbe? Kann man da etwas gewinnen?« Witta stellte das Milchkännchen beiseite.

»Ja.« Alma reichte ihr das Faltblatt über den Tisch hinweg. »Jeweils einen Gutschein für eine Musical-Reise nach Hamburg für zwei Personen, mit Eintrittskarten und Hotelübernachtung. Sofern beim Basar genügend Geld zusammenkommt.«

Witta kniff die Augen zusammen und studierte das Blatt.

»Sie suchen noch Helfer«, erklärte Alma. »Das wäre doch etwas für uns.«

»Absolut.« Witta hob den Kopf. »Du backst, und wir stricken etwas Hübsches. Wenn wir beide Wettbewerbe gewinnen, können wir alle vier ins Musical gehen.«

»Eigentlich geht es ja darum, dass wir anderen etwas Gutes tun, und nicht darum, dass wir davon profitieren«, tadelte Grethe.

Witta wedelte mit der Hand, die in einem weißen Seidenhandschuh steckte. »Das eine schließt doch das andere nicht aus«, sagte sie, wirkte dabei jedoch nicht besonders einsichtig.

Grethe schaute sie finster an.

»Also sind wir uns einig?«, trällerte Marijke, ehe sich der kleine Disput zum Streit auswachsen konnte. »Wir engagieren uns in Archsum in der Kirche?«

»Ja.« Witta reichte das Faltblatt mit einer huldvollen Geste an Alma zurück. »Wann trifft sich die Gruppe denn das nächste Mal?«

»Steht das nicht auf dem Zettel?«, stichelte Grethe.

»Ich habe nicht nachgesehen.«

»Du hast es nicht gesehen, meinst du.«

Witta spitzte die Lippen. »Spar dir die Unterstellungen. Ich habe Augen wie ein Luchs.«

»Wie ein altersmüder Luchs vielleicht.«

»Morgen Nachmittag«, ging Alma dazwischen. Sie mochte die ständigen Kabbeleien der Freundinnen nicht. Schon seit der gemeinsamen Schulzeit versuchte sie, sämtliche Konflikte mit Zuckerguss zu überdecken. Ob sie deshalb Konditorin geworden war? »Um zwei treffen sich die Freiwilligen im Gemeindehaus.«

»Da sind wir dabei«, sagte Grethe und griff nach einem weiteren Stück von Almas Schokoladenkuchen. »Der ist hervorragend«, erklärte sie. »Den Backwettbewerb hast du jetzt schon gewonnen.«

»Ach was.« Alma wehrte bescheiden ab und spürte, dass sie rot wurde. »Kuchen backen kann jeder. Aber Marijkes Strickmuster, die sind einmalig.«

»Unsinn«, sagte die Kapitänswitwe mit den kleinen grauen Locken scharf. »Geduld und Sorgfalt, das ist das ganze Geheimnis.« Gleich darauf lächelte sie Alma versöhnlich an. »Außerdem hat Grethe recht. Es geht nicht ums Gewinnen, sondern darum, dass wir ein gutes Werk tun.«

»Ja.« Alma erwiderte das Lächeln. Wer hätte gedacht, dass ihr Vorschlag so gut ankommen würde? Nun blieb nur zu hoffen, dass man sich in der Kirche in Archsum auch wirklich über ihre Hilfe freute und nicht fand, dass die Häkeldamen zu alt waren, um einen nützlichen Beitrag zu leisten. Oder womöglich schon so viele Freiwillige da waren, dass man sie gar nicht brauchte.

2

Marijke Meenken lenkte den schneeweißen Toyota Co-
rolla Cross Hybrid vorsichtig die Dorfstraße von Keitum
nach Archsum entlang. Es schneite wieder. Dicke Flocken
rieselten vom Himmel. Sie legten sich auf die Windschutz-
scheibe und wurden vom Scheibenwischer beiseite gefegt.

Wieder einmal war Marijke froh über ihre Entscheidung für diesen Wagen. Die Straßen waren offensichtlich
am Morgen geräumt worden, doch mittlerweile hatten
sich Matsch und Neuschnee erneut zu einer Kruste ver-
mengt, die knirschend unter den Rädern zerbrach. Über-
frierende Nässe und versteckte Eisplatten waren Gefahren,
denen man besser mit guten Reifen und modernen Sicher-
heitssystemen begegnete. Seit ihrem schweren Unfall im
Herbst letzten Jahres fuhr die Angst immer mit, doch Marijke hatte nicht vor, sich unterkriegen zu lassen.

Sie war lange nicht mehr in Archsum gewesen. Es war
der kleinste Ort der Insel und bestand nur aus wenigen
Straßen. Vom Tourismus war hier kaum etwas zu spüren.
Nur einige wenige Apartments wurden an Feriengäste ver-
mietet.

Das Ortsbild wurde von großen alten Reetdachhäusern
bestimmt, die auf ihren Warften thronten. Der Tourismus-
verband bezeichnete Archsum als den grünen Ruhepol der

Insel. Zu Recht, fand Marijke. Die Salzwiesen erstreckten sich bis zum Deich. Jetzt waren sie von einer dünnen Schneeschicht bedeckt. Die Schafe, die dicht gedrängt in der Mitte einer der Weiden standen, verschmolzen fast vollständig mit der Umgebung.

Marijke nahm die letzte Kurve und stoppte vor der St.-Paul-Kirche. Es war ein schlichtes und modernes Gebäude mit hohem Giebel, bunten Mosaikfenstern und einem schlanken, offenen Glockenturm.

»Ich hatte ganz vergessen, wie hübsch die Kirche ist«, sagte Alma von der Rückbank aus. »Ich war seit einer halben Ewigkeit nicht mehr hier.«

»Ich auch nicht«, erklärte Witta, die wie immer den Beifahrersitz okkupiert hatte. »Wozu auch?«

»Weil man hier prima wandern oder mit dem Fahrrad fahren kann«, bemerkte Grethe.

»Sport?« Witta wedelte mit der weiß behandschuhten Hand. »Habe ich nicht nötig.«

»Würde dir aber gut tun. Fördert die Durchblutung und hält jung«, sagte Grethe und stieg aus dem Wagen. Marijke, Alma und Witta taten es ihr gleich.

»Siehst du, wie beweglich ich bin?«, fragte Witta und machte ein paar gewagte Tanzschritte. Grethe verdrehte die Augen.

Alma sah am Kirchturm hinauf zu der glänzenden Glocke, die von Schneeflocken umweht wurde. »Das wäre ein tolles Bild für eine Weihnachtskarte«, meinte sie.

Witta beendete ihre Vorführung und folgte Almas Blick. »Ja. Du hast recht«, bestätigte sie. »Die Kirche ist wirklich schön.«

Alma hängte sich den Riemen ihrer pinkfarbenen Handtasche um den Hals, holte ihr Smartphone hervor, das in einer rosafarbenen Häkelhülle steckte, und machte ein Foto. Marijke musste lächeln. Almas Tasche passte perfekt zu ihrem rosa Wollmantel, biss sich aber mit ihren orangerot gefärbten Haaren. Die Freundin schien das nicht zu stören. Rosa war ihre Lieblingsfarbe, und sie wollte weder auf die entsprechenden Kleider noch auf die Haartönung verzichten.

Für Marijke käme ein derart auffälliger Stil nicht infrage. Sie trug dezente Kleidung in gedeckten Farben, einen selbstgestrickten Pullover in Rot- und Brauntönen, einen hübschen braunen Mantel und einen Damenhut, der zu ihren grauen Locken passte.

Witta, die wie eine Schneekönigin angezogen war, mit weiter, weißer Hose, Stiefeln und einem Mantel mit künstlichem Pelzkragen, rückte ihre Dauerwelle zurecht. »Warum ist hier keiner? Hast du dich im Datum geirrt?«, fragte sie Alma.

Die Bäckerwitwe steckte das Smartphone zurück und kramte das Faltblatt aus der Handtasche. »Nein. Hier steht es. Sonntag, zweiter Advent, vierzehn Uhr.«

Grethe, wie immer mit Jeans, Turnschuhen und blauem Troyer bekleidet, stopfte die Hände in die Taschen ihrer dicken, dunkelblauen Winterjacke. »Es ist noch nicht zwei.«

Witta schob den mit Kunstpelz besetzten Ärmel ihres Mantels hoch und sah auf ihre goldene Armbanduhr. »Fünf vor. Da müsste doch schon jemand da sein. Fünf Minuten vor der Zeit …«, deklamierte sie. »Pünktlichkeit ist die Höflichkeit der Könige.«

Grethe, Marijke und Alma tauschten verständnisinnige Blicke.

»Sie haben vollkommen recht«, ertönte eine sonore Stimme hinter ihnen. »Das ist eine Eigenschaft, die viel zu wenig wertgeschätzt wird.«

Marijke und ihre Freundinnen fuhren herum und erblickten einen Mann mit ordentlich gescheitelten schwarzen Haaren. In der Hand hielt er ein Buch, eine Bibel oder ein Gesangbuch, dem dunklen Stoffeinband nach zu urteilen. Er war komplett in Schwarz gekleidet. Am Revers seines Sakkos steckte ein kleines goldenes Kreuz.

Witta streckte die Hand aus. »Herr Pastor! Es freut mich, Sie kennenzulernen. Mein Name ist Witta Claaßen. Mein verstorbener Mann Wilhelm war Landarzt in Kampen …«

»Nein, nein«, unterbrach der Mann sie. »Ich bin nicht der Pastor.« Er schob das Buch in die Sakkotasche und ergriff ihre Hand »Jacob Dreyer, Diakon.«

Witta errötete. »Ach Gott. Entschuldigung!«

Dreyer lächelte. »Das ist doch nicht schlimm, meine Liebe. Aber Sie sollten den Namen des Herrn nicht für solche Bagatellen bemühen.« Er ließ ihre Hand los und wies auf das große Gebäude hinter der Kirche. »Die Veranstaltung findet im Gemeindehaus statt. Gehen Sie einfach hinein. Die Tür ist offen. Die Jugendgruppe ist bereits bei den Vorbereitungen, und einige Freiwillige sind auch schon da. Ich muss nur noch rasch etwas aus der Kirche holen.« Damit wandte er sich ab und ging über den verschneiten Vorplatz zur Seitentür der Kirche.

Witta sah ihm nach, bis er im Inneren verschwunden war, und legte die behandschuhten Hände aufs Herz. »Was für eine beeindruckende Erscheinung«, hauchte sie.

Grethe schnaubte. »Ich finde, er ist verklemmt.«

Witta funkelte sie an. »Weil du keinen Sinn für geistliche Dinge hast. Bist du überhaupt in der Kirche?«

Grethe zog den Reißverschluss ihrer dicken Jacke höher. »Nee. Was soll ich da? Das kostet doch nur Steuern.«

»Das Geld wird für gute Zwecke verwendet«, mischte sich Alma ein. »Die Kirche hilft und kümmert sich um Bedürftige.«

»Das tun andere Organisationen auch«, entgegnete Grethe. »Ich spende für die Welthungerhilfe.«

»Aber wenn du mal stirbst, hält niemand eine schöne Trauerrede an deinem Grab«, gab Alma zu bedenken.

Grethe zuckte mit den Schultern. »Dafür gibt es professionelle Trauerredner. Und wenn ich tot bin, habe ich ohnehin nichts mehr davon.«

»Aber wir«, monierte Witta.

»Wenn man uns darum bittet, sprechen wir auch für die Hinterbliebenen von Menschen, die keiner Kirche angehören«, ertönte eine freundliche Stimme hinter ihnen.

Die Häkelfreundinnen drehten sich um. Schon wieder hatte sich jemand unbemerkt genähert. Das musste an der Schneedecke auf dem Kirchenvorplatz liegen, die alle Schrittgeräusche schluckte.

Dieses Mal war es ein dunkelhaariger Mann mit modischer Frisur und jungenhaftem Gesicht. Er trug schwarze Jeans, rote Turnschuhe mit weißen Sohlen und ein längs gestreiftes Hemd in Rotweiß, darüber eine offene rote Steppjacke.

Witta kräuselte die Stirn. »Sind Sie von einer Agentur? Wir machen keine Verträge. Und wir haben auch nicht vor, in näherer Zukunft abzutreten.«

Der Mann lächelte. »Ich wollte Sie nur wissen lassen, dass Sie auf kirchlichen Beistand zählen können, ob Sie nun Steuern zahlen oder nicht. Gottes Güte muss man nicht kaufen.«

»Hm.« Witta zupfte an ihrem Handschuh.

Auf dem Vorplatz wurde eine Autotür zugeschlagen. Eine Frau mit blonden Locken in engen Bluejeans und grüner Winterjacke mit Kunstfellbesatz lief auf den Mann zu. »Pastor Brendel! Ich freue mich ja so, dass Ihr Projekt zustande kommt!«

Der Mann ging ihr entgegen und nahm ihre Hände.

»Ich freue mich auch, Frau Kuntz. Ich bin sicher, Ihre Vanillekipferl werden der Renner auf dem Basar.«

Die Häkelfreundinnen sahen sich verblüfft an.

»Das ist der Pastor?« Witta schüttelte den Kopf. »Unmöglich!«

»Mir gefällt er«, erklärte Alma. »So freundlich und offen.«

»Und nicht so bigott wie der Diakon«, steuerte Grethe bei.

»Siehst du, wie die Frau sich an ihn ranschmeißt?«, echauffierte sich Witta. »Das ist doch – schamlos.«

»Aber nicht seine Schuld«, stellte Marijke klar.

»Wenn er nicht herumliefe wie ein Popstar, würde so etwas auch nicht passieren.« Witta neigte sich näher zu ihren Freundinnen. »Habt ihr das gesehen? Ich glaube, er benutzt Lidschatten.«

»Wirklich?« Alma spähte zum Pastor und der Frau hinüber, die aufgeregt auf ihn einredete.

»Und wenn schon.« Marijke hatte keine Lust, mit Witta zu diskutieren. »Lasst uns hineingehen und sehen, was wir tun können.«

• • •

Alma Grieger bedauerte, dass sie den Pastor und die Frau nicht länger beobachten konnte. Sie hätte gerne gewusst, ob er wirklich Lidschatten trug, und an dem Rezept für die Vanillekipferl hätte sie auch Interesse. Aber sowohl das eine als auch das andere würde sich wohl auch später noch in Erfahrung bringen lassen.

Sie folgte Marijke, Grethe und Witta und betrat hinter ihnen das Gemeindehaus. Beim Anblick des weihnachtlich geschmückten Innenraums entfuhr ihr ein lauter Seufzer. »Wie schön!«

Überall hingen Lichterketten und Weihnachtsgirlanden aus künstlichem Tannengrün. An der Schmalseite des Raums stand ein deckenhoher, reich geschmückter Tannenbaum mit roten und goldenen Kugeln, Engelshaar, Lametta und künstlichen Kerzen. Daneben war eine Futterkrippe aufgebaut, ausgekleidet mit Stroh und gefüllt mit bunt verpackten Geschenkkartons in glänzender Folie.

Auf der gegenüberliegenden Seite des Saals befand sich die Bühne, in der Ecke daneben ein schwarzes Klavier mit offenem Tastendeckel. Vor der Bühne standen mehrere Stuhlreihen. Der schwere rote Vorhang war aufgezogen, das Bühnenbild offenbar gerade in Arbeit. Zwei Jugendliche wuchteten eine Krippe aus hellem Holz hinauf und platzierten sie auf dem strohbedeckten Boden. Von der Decke hing ein goldener Stern mit langem Schweif. Soweit Alma es erkennen konnte, war er aus Pappmaschee.

Eine Frau mit langen blonden Haaren dirigierte die beiden Jungen mit der Krippe. »Ein Stück weiter nach links und ein bisschen nach vorne drehen.« Sie runzelte die Stirn und gestikulierte. »Das andere Links.«

Die beiden Mädchen, die neben ihr standen, lachten.

In diesem Moment bemerkte die Frau die Neuankömmlinge und strebte auf sie zu. »Hallo. Kommen Sie, um uns zu helfen?«

»Ja.« Die Häkelfreundinnen nickten.

»Wunderbar.« Die Frau begrüßte sie der Reihe nach. »Ich bin Sonja Frenz, die Leiterin der Jugendgruppe.« Sie winkte die beiden Mädchen heran. »Das sind Amelia und Paula.«

Amelia, blond und langhaarig wie die Jugendgruppenleiterin, lächelte freundlich. Paula fuhr sich durch die kurz geschnittenen dunklen Haare. »Hi.«

»Das da oben sind Jamie und Lennox«, erklärte Sonja Frenz und wies auf die beiden Jungen auf der Bühne. Sie waren blond gelockt und glichen einander wie ein Ei dem anderen.

»Zwillinge!«, rief Alma begeistert.

»Richtig.« Die Miene der Jugendgruppenleiterin verdüsterte sich kurz. »Wenn Sie mich fragen, hätte einer von der Sorte auch gereicht.« Sie lachte, um ihren Worten die Schärfe zu nehmen.

Auf der Bühne neigte sich die Krippe zur Seite und fiel mit einem lauten Krachen um.

»Jamie! Lennox!« Die Jugendgruppenleiterin schnaufte.

»Wir haben nix gemacht.« Die Jungen hoben synchron die Hände.

Grethe kniff die Augen zusammen. »Wie haltet ihr die beiden auseinander?«, erkundigte sie sich bei den Mädchen.

»Gar nicht«, entgegnete Paula. »Das geht nur wegen der Klamotten. Der mit dem roten Hoodie ist Jamie, der mit dem schwarzen Lennox.«

Witta betrachtete missbilligend die tief sitzenden Hosen im Militärlook, die die Jungen zu Hoodies und Turnschuhen trugen. »Und wenn sie die Pullover tauschen?«

»Dann haben wir Pech gehabt.«

»Cool.« Grethe grinste.

Witta hob die Augenbrauen. »Findest du nicht, dass du für solche Begriffe zu alt bist?«

»Ich dachte, wir sind nicht alt«, konterte Grethe. »Das sagst du doch immer.«

Alma seufzte erneut, dieses Mal aber nicht vor Entzücken. Würde das nun die ganze Zeit so weitergehen? Vielleicht hätte sie ihren Freundinnen gar nichts von der Veranstaltung verraten und allein herkommen sollen. Besinnliche Weihnachten mit Witta und Grethe – das war ein Widerspruch in sich. Sie bemerkte, dass Marijke sie fragend ansah, und lächelte schief. Ja, sie liebte ihre Freundinnen und hätte sich keine besseren vorstellen können. Aber manchmal wünschte sie doch, sie wären anders. Wenigstens zu Weihnachten.

...

Marijke Meenken tätschelte ihrer Freundin mitfühlend den Arm. Die ewigen Sticheleien zwischen Witta und Grethe konnten einem wirklich auf die Nerven gehen. Auf der anderen Seite: Wenn bei ihnen stets nur Ruhe und Harmonie herrschen würden, wäre es vermutlich todlangweilig. Es hatte schließlich gute Gründe, dass sie sich immer, wenn Kari Blom auf der Insel war, in ihre Fälle einmischten.

Pastor Brendel betrat den Gemeindesaal, gefolgt von mehreren Frauen.

»Ah! Da sind Sie ja!«, rief Sonja Frenz.

Die Gruppe versammelte sich vor der Bühne, der Pastor stellte die Damen vor. Die Namen rauschten an Marijke vorbei. Zwei blieben allerdings hängen. Fast hätte Marijke gelacht.

Alma hatte sich nicht so gut im Griff. Ihre Mundwinkel zuckten. »Hinz und Kunz«, kicherte sie.

»Mit Tezett«, sagte Kerstin Kuntz, die blond Gelockte mit der grünen Jacke, die sie schon auf dem Kirchenvorplatz gesehen hatten.

»Bei mir auch«, erklärte die Frau, die neben ihr stand. Ihr halblanges braunes Haar wirkte ein wenig kraftlos. »Hintz mit Tezett. Aber sagen Sie einfach Neele.«

Marijke und ihre Freundinnen stellten sich ebenfalls vor. Der Pastor skizzierte kurz seinen Werdegang und erzählte von seiner Gemeinde in Lübeck, wo er gearbeitet hatte, ehe er nach Archsum gekommen war.

»Er heißt Raphael mit Vornamen«, flüsterte die Frau,

die neben Marijke stand. Sie hatte lange dunkle Locken und war elegant gekleidet mit einem hellbraunen Kostüm aus Mohairwolle und einem langen, staubfarbenen Mantel. Ihre dunklen Augen klebten geradezu an Pastor Brendel. »Wie der Erzengel, und er sieht auch wie einer aus, finden Sie nicht?«

»Ein attraktiver Mann«, stimmte Marijke zu und betrachtete den Pastor, der von den Frauen umringt wurde. Bis auf Grethe und Witta hatten alle ein Strahlen in den Augen und versuchten, sich gegenseitig im Kampf um seine Aufmerksamkeit zu übertrumpfen. »Ich sehe ja nicht mehr so gut«, sagte sie und rückte ihre Brille zurecht. »Benutzt er tatsächlich Lidschatten?«

»Ja.« Die Frau lächelte. »Er versucht, ein Zeichen zu setzen. Dafür, dass die Kirche für alle da ist.« Sie strich ihre dunklen Locken zurück. »Ich schreibe einen Artikel über ihn. Ich hoffe nur, mein Chef lässt ihn auch drucken.«

»Sie sind Journalistin?« Witta hatte sich an sie herangeschoben und musterte die Frau neugierig.

»Ich arbeite für die *Sylter Nachrichten*.« Die Frau wandte sich Witta zu.

»Wie interessant. Vielleicht wollen Sie mal einen Bericht über meinen Mann schreiben?«, fragte Witta.

»Journalistin ist ein schöner Beruf«, sagte Marijke rasch, ehe Witta weiterreden konnte. Die Geschichte von ihrem Mann, der Landarzt in Kampen gewesen war, hatten sie alle mehr als oft genug gehört.

»Das sollte man denken, ja.« Die Frau verzog ärgerlich den Mund.

»Gibt es Probleme?« Auch Alma und Grethe gesellten sich dazu.

»Michelle, richtig? Michelle Lüdke«, sagte Grethe.

»Das hast du dir merken können?«, fragte Alma beeindruckt.

»Ich löse regelmäßig Kreuzworträtsel. Das hält den Geist fit.«

»Wer es nötig hat ...« Witta zupfte an ihrer weißen Dauerwelle.

»Mein Chef«, brach es aus Michelle heraus. »Er mobbt mich.« Sie sah zwischen den Freundinnen hin und her. »Das bedeutet ...«

»Psychoterror«, sagte Grethe.

»Wir sind nicht von gestern, wissen Sie?«, erklärte Witta hochnäsig.

»Offensichtlich nicht.« Michelle lachte. Dann wurde sie wieder ernst. »Ich hoffe, ich bekomme irgendwann eine große Story. Ich bin jetzt seit Jahren dabei, doch bisher lässt er mich nur über Belanglosigkeiten schreiben.« Sie seufzte. »Die Weihnachtsveranstaltung hier wird sicher toll, aber der Artikel darüber wird kaum jemanden vom Hocker reißen.«

»Ihre Zeit wird kommen, ganz bestimmt«, tröstete Alma.

»Woher willst du das wissen?«, erkundigte sich Witta.

Alma konnte nicht antworten, weil in diesem Moment die Tür des Gemeindesaals aufgerissen wurde. Der Diakon stürmte herein, das Gesicht weiß, die Hände zu Fäusten geballt. »Raphael!«

»Jacob.« Pastor Brendel ließ die Frauen stehen und ging zu seinem Diakon. Die beiden Männer steckten die Köpfe zusammen. Jacob Dreyer flüsterte aufgeregt.

»Was ist denn da los?«, fragte Alma neugierig.

»Das finde ich heraus.« Grethe lief bereits los. Sie zwängte sich durch die Stuhlreihen und verließ den Gemeindesaal auf der anderen Seite.

»Was hat sie denn vor?«, wunderte sich Alma.

Marijke wusste es auch nicht – bis sie sah, wie sich kurz darauf die Tür neben Brendel und Dreyer einen Spaltweit öffnete.

Pastor und Diakon redeten noch eine Weile aufeinander ein. Dann drehte sich Dreyer abrupt um und riss die Tür auf. Sein Blick wurde finster, als er sich unvermittelt Grethe gegenüberfand.

Die Klempnerwitwe zog die Hand aus der Jackentasche und präsentierte einen Tablettenblister. »Ich hatte meine Pillen im Wagen vergessen«, behauptete sie.

»Sie sind aber nicht durch diese Tür nach draußen gegangen«, sagte Dreyer. »Dann hätten wir uns begegnen müssen.«

Grethe zuckte mit den Schultern. »Ich habe versehentlich die andere genommen. Ein Irrtum. In meinem Alter gerät einem schon mal das eine oder andere durcheinander.«

»Haben Sie gehört, worüber wir gerade gesprochen haben?«

»Nein.« Grethe setzte ein unschuldiges Gesicht auf. »War es etwas Wichtiges?«

»Nein, nein.« Der Diakon schien nicht restlos überzeugt von Grethes Beteuerung, eilte jedoch nach kurzem Zögern weiter.

Grethe kehrte zu ihren Freundinnen zurück, die sich wissbegierig um sie scharten.

»Hast du wirklich nichts gehört?«, fragte Witta.

»Doch.«

»Und was?«

Grethe schaute bedeutungsvoll zu Michelle Lüdke.

»Meine Lippen sind versiegelt«, beteuerte die Journalistin und zog einen imaginären Reißverschluss über ihrem Mund zu.

Die Freundinnen tauschten kurze Blicke.

»Na gut«, sagte Grethe und beugte sich weiter vor. »Die Kollekte vom Gottesdienst heute Morgen wurde gestohlen.«

»Oh! Ein Kriminalfall!« Almas Augen leuchteten.

Grethe schüttelte den Kopf. »Dreyer wollte die Polizei einschalten, aber Pastor Brendel war dagegen.«

»Warum denn das?«

»Sicher will er Gnade vor Recht ergehen lassen und dem

armen Sünder vergeben«, antwortete Michelle an Grethes Stelle. »Er ist so ein guter Mensch.«

Witta verdrehte die Augen. »Ein Pastor muss nach den Geboten leben. Du sollst nicht stehlen.«

»Das hat der Diakon auch gesagt«, bestätigte Grethe.

Witta warf einen weiteren abfälligen Blick auf den modisch gekleideten Brendel. »Der Diakon wäre der bessere Pastor, das sage ich doch.«

»So, meine Damen, kommen Sie«, rief Brendel und versammelte seine Schäfchen am Bühnenrand. Michelle Lüdke eilte zu der Gruppe hinüber.

»Sie täuscht sich«, erklärte Grethe, als die Journalistin außer Hörweite war. »Brendel hat einen Verdacht und will die Sache ohne Aufsehen regeln, aber wenn das nicht klappt, geht er zur Polizei. Deswegen hat er Dreyer gesagt, er soll den Klingelbeutel in eine Plastiktüte stecken und sicher verwahren. Damit man ihn später auf Fingerabdrücke untersuchen kann, wenn es nötig sein sollte.«

Alma strahlte. »Also doch. Das ist ja ausgefuchst.«

»Wen hat er denn in Verdacht?«

»Das hat er nicht gesagt.«

»Macht nichts.« Alma zog ihr Smartphone mit der rosafarbenen Häkelhülle aus der Handtasche und begann, von sämtlichen Anwesenden Fotos zu schießen. »Das finden wir heraus.«

Witta runzelte die Stirn. »Du glaubst doch nicht, dass es einer der hier Anwesenden war?«

»Warum nicht?« Alma verstaute das Smartphone wieder in der Handtasche. »Die Kirche war ja offenbar unverschlossen, wahrscheinlich, weil gerade das Treffen stattfindet. Eine günstige Gelegenheit für jemanden, der plausibel begründen kann, weshalb er sich hier aufhält.«

Marijke sah sich nachdenklich um. Almas Argument war nicht von der Hand zu weisen. Ihr Blick blieb an den beiden Jungen hängen, die mit der Reparatur der Krippe beschäftigt waren. Ein Stück der Seitenwand war durch den Sturz abgebrochen. Jamie und Lennox hatten Holzleim besorgt, mit dem sie die Teile bestrichen und zusammenpressten.

Junge Leute brauchten immer Geld, überlegte Marijke. Ob Pastor Brendel denselben Gedanken gehabt hatte? Oder hatte er jemand ganz anderen in Verdacht? Vielleicht auch eines der beiden Mädchen? Diebstähle wurden auch oft von Frauen begangen, das wussten Marijke und ihre Freundinnen von den Fällen, die sie gemeinsam mit Kari Blom und Jonas Voss gelöst hatten.

»Treten Sie näher, meine Damen«, rief der Pastor, und die Häkelfreundinnen gesellten sich zu den anderen. Brendel lächelte sie an. »Diakon Dreyer wird das Krippenspiel leiten, ich kümmere mich um den Basar und die Wettbewerbe. Ich hoffe, Sie beteiligen sich alle daran? Wir brauchen jede Menge Gebäck und Selbstgestricktes, das wir auf dem Basar verkaufen können.«

»Damit das Geld für die Musical-Tickets zusammenkommt«, bestätigte Witta.

»Vor allem, damit wir Geld für unsere Aktion sammeln können. Gegen die Kälte. Hilfe für Obdachlose im Winter. Der ist, wie Sie als Einheimische natürlich wissen, auf Sylt durch den kalten Wind vom Meer besonders rau.«

»Obdachlose?« Witta rümpfte die Nase.

»Wir helfen denen, die vom Schicksal benachteiligt sind«, erklärte eine der Frauen. Sie war klein und hatte schwarze Locken. »Uns geht es ja gut.«

»Britta Nanninga, Kindergärtnerin aus Braderup«, flüsterte Grethe.

»Na ja«, murmelte Neele Hintz. »So viel verdiene ich auch nicht. Und das Leben auf Sylt ist teuer.«

»Was macht sie noch mal?«, erkundigte sich Alma leise bei Grethe.

»Fischverkäuferin in List.«

Alma sah sie beeindruckt an. »Du hast dir das wirklich alles gemerkt.«

Grethe machte eine wegwerfende Geste. »Warum nicht?«

Marijke verkniff sich ein Seufzen. Sie war der Ansicht, dass sie für ihr Alter geistig ausgesprochen fit war, doch ihr Gedächtnis spielte ihr gelegentlich Streiche. Dinge, die ihr früher sofort eingefallen wären, verkrochen sich irgendwo in den hintersten Kammern und mussten mühsam gesucht werden. Begriffe, Namen, Erinnerungen. Aber vielleicht lag es auch nur daran, dass im Laufe des Lebens immer mehr dazukam. Wie in einen Schrank, in den man immer neue Dinge hineinstellte, ohne jemals etwas wegzuwerfen. Irgendwann war er eben so voll, dass man nichts mehr wiederfand.

»Und Kerstin Kuntz?« Alma deutete auf die blond Gelockte mit der grünen Winterjacke. »Hat sie auch gesagt, was sie beruflich macht?«

»Hausfrau.«

»Das ist doch kein Beruf«, monierte Witta.

»Sie wohnt in Keitum«, ergänzte Grethe. »Gar nicht weit vom Weißen Kliff entfernt.«

»Ach«, sagte Witta abfällig. »Wahrscheinlich ist sie eine von diesen verwöhnten Millionärsgattinnen, die ihre Tage mit Friseurbesuchen und Maniküre verplempern.«

»Das weißt du doch gar nicht«, entgegnete Grethe ärgerlich.

»Sie sieht jedenfalls nicht so aus«, sprang ihr Alma zur Seite. »Vielleicht hat sie eine große Familie. Viele Kinder. Oder Angehörige, die sie pflegt.«

Witta zuckte mit den Schultern, als würde es sie nicht wirklich interessieren. »Seid doch mal still. Ich will hören, was der Pastor sagt.«

»Wie soll denn das funktionieren mit den Wettbewerben?«, erkundigte sich Michelle Lüdke, die Journalistin.

Der Pastor hob lächelnd den Zeigefinger. »Beim Gebäck machen wir eine geheime Abstimmung«, erklärte er. »Jeder, der ein Stück Kuchen oder eine Tüte Kekse kauft, gibt einen Zettel mit einer Bewertung ab. Einen bis fünf Sterne, je nachdem, wie lecker er das Gebäck fand. Die Abstimmungszettel kommen in eine Urne und werden am Ende des Tages ausgezählt.«

»Das ist ja spannend«, freute sich Alma.

»Beim Handarbeiten ist es etwas schwieriger«, fuhr der Pastor fort. »Deshalb haben wir beschlossen, dass eine Jury entscheiden soll.«

»Wer gehört der Jury an?« Michelle hatte bereits ein Notizbuch in der Hand. Sie erledigte ihren Job offensichtlich akribisch, auch wenn sie mit der zugeteilten Aufgabe nicht glücklich war.

»Frau Frenz«, Brendel deutete auf die Jugendgruppenleiterin, »und ich. Weil wir leider beide nicht viel vom Handarbeiten verstehen, hätten wir jedoch gerne noch eine oder zwei fachkundige Damen dabei.«

Wittas Hand schoss in die Höhe. Alle anderen wichen dem fragenden Blick aus wie Schüler, die unbedingt vermeiden wollten, an die Reihe genommen zu werden.

»Was ist denn los?«, wunderte sich Witta. »Das ist doch ein ehrenvolles Amt. Weshalb will das niemand übernehmen?«

»Weil man dann nicht am Wettbewerb teilnehmen kann«, sprach Grethe das Offensichtliche aus. »Oder willst du dich selbst zur Siegerin küren?«

Wittas Hand wanderte langsam wieder nach unten, aber zu spät.

»Sie!«, rief Pastor Brendel entzückt. »Sie würden uns unterstützen?«

Witta rang sich ein Lächeln ab. »Herzlich gern.«

»Keine Sorge«, grinste Grethe. »Marijke, Alma und ich bewältigen das mit dem Stricken auch allein.«

»Hoffentlich.« Witta schaffte es, dass ihre Unterlippe beim Sprechen bebte. »Ich möchte wirklich gern ins Musical.«

»Wir können die Karten ja auch kaufen«, tröstete Grethe sie. »Oder meinst du, es gibt nur die vier, die man hier gewinnen kann?«

Witta hob das Kinn und tat so, als würden die Reparaturarbeiten der Zwillinge ihre gesamte Aufmerksamkeit absorbieren. Grethe sah Marijke an und verdrehte die Augen zur Decke. Wittas Geiz war schon in der Schule legendär gewesen.

Die Tür des Gemeindehauses öffnete sich. Diakon Dreyer kehrte zurück, dieses Mal mit einem Packen Papier in den Händen.

»Also«, sagte Pastor Brendel. »Wir bilden zwei Gruppen. Eine, die sich beim Krippenspiel engagiert – auf der Bühne, davor oder dahinter –, und eine, die sich um die Vorbereitungen für den Basar kümmert.« Er machte eine einladende Geste in Richtung des Diakons.

»Schön.« Dreyer hob die Blätter. »Wir brauchen einige Schauspieler und jemanden für die Regieassistenz. Ich selbst werde Regie führen. Sonja, Jamie und Lennox

35

kümmern sich um das Bühnenbild und das Licht. Außerdem werden noch Kostüme benötigt. Das wäre dann etwas für die Handarbeitsgruppe.«

Marijke erinnerte sich an den Fall im Sylter Congress Centrum, in dem Kari erst vor Kurzem ermittelt hatte. Sie hatte eine Bande von Romance-Scammern verfolgt, und die Spuren hatten zum neu geschaffenen Sylter Theaterherbst geführt. Marijke und ihre Freundinnen hatten sie natürlich unterstützt, nicht zuletzt, weil auch Witta betrogen worden war. Dabei hatten sie einiges über das Theater gelernt. Unter anderem, dass viel mehr Menschen an einer solchen Produktion beteiligt waren, als sie jemals gedacht hätte.

»Ich kümmere mich um die Maske und die Kostüme«, erklärte Pastor Brendel. »Wer hilft mir beim Nähen?«

Sofort meldeten sich Neele Hintz, Kerstin Kuntz, die Journalistin Michelle Lüdke und die Kindergärtnerin Britta Nanninga. Die Jugendgruppenleiterin Sonja Frenz kniff die Augen zusammen. Es schien ihr nicht zu gefallen, wie die Frauen den Pastor umschwärmten. Brendel neigte den Kopf. »Was ist mit dir?«

Sonja lächelte angestrengt. »Ich kann nicht nähen.«

»Aber du siehst wie ein Engel aus«, sagte Jacob Dreyer. »Willst du nicht den Erzengel spielen, der die Geburt des Heilands verkündet?«

Sonja fuhr sich verlegen durch die langen blonden Haare. Der Diakon hatte offenbar den richtigen Knopf gedrückt. »Okay.«

»Gut.« Dreyers Blick wanderte über die Anwesenden und blieb an Amelia Ruhland hängen. »Du könntest die Maria spielen.«

Alma Grieger nickte enthusiastisch. Das hübsche Mädchen winkte ab. »Kommt gar nicht in Frage. Das ist total das Rollenklischee. Das duldsame Weib, das für Mann und Kind alles auf sich nimmt.«

»Wie du meinst.« Dreyer klang ein wenig pikiert. Er sah zu Paula Moormann. Sie besaß nicht Amelias engelhafte Ausstrahlung, hatte aber auf jeden Fall das passende Alter. »Dann spielst eben du die Maria.«

»Nee.« Paula schüttelte den Kopf. »Ich will den Josef spielen.«

Dreyer blinzelte. »Das geht nicht.«

»Warum nicht?«

Der Diakon hob die Augenbrauen. »Weil du ein Mädchen bist?«

»Na und?« Paula verschränkte trotzig die Arme.

»Haben Sie noch nichts vom Selbstbestimmungsgesetz gehört?«, mischte sich Amelia ein. »Jeder kann selbst entscheiden, wer oder was er sein will.«

»Aber doch nicht beim Krippenspiel!«, rief Dreyer empört.

»Ich spiele die Maria!«, meldete sich Witta zu Wort.

Grethe kicherte. »Bist du dafür nicht ein bisschen zu alt?«, spottete sie. »Für die Rolle einer Schwangeren?«

Witta rückte ihre Marlene-Dietrich-Frisur zurecht.

»Maria empfängt das Kind jungfräulich. Welche Rolle spielt da das Alter?«

Der Diakon sah zwischen Witta und Paula hin und her und entschied sich für das kleinere Übel. »Also gut.« Er nickte Witta zu. »Sie spielen die Maria.«

Witta strahlte. »Siehst du?«, sagte sie zu Grethe.

Der Diakon machte rasch mit seiner Besetzungsliste weiter. »Wer übernimmt den Josef?« Er sah erwartungsvoll zu Jamie und Lennox, die gerade die Krippe wieder aufrichteten, doch die beiden zeigten kein Interesse. Nur Paula Moormann hob die Hand. »Ich.«

»Aber ...« Dreyer fing einen Blick von Amelia auf und verzog resigniert den Mund. »Von mir aus.«

Paula Moormann lächelte ebenso zufrieden wie Witta.

»Dann brauchen wir noch die Hirten und die Drei Weisen aus dem Morgenland.« Der Diakon sah Amelia bedeutungsvoll an. »Ich habe den Text ein wenig abgeändert. Die Hirten und die Weisen werden von denselben Darstellern gespielt. Um zu zeigen, dass in jedem Menschen ebenso ein Hirte wie ein König steckt.«

Amelia nickte anerkennend. »Das gefällt mir. Da mache ich mit.«

»Schön. Wer noch?« Dreyer blickte in die Runde, doch es meldete sich niemand. »Was ist mit euch?«, fragte er Jamie und Lennox.

Die Zwillinge sprangen von der Bühne.

»Nee«, verkündete Jamie kaugummikauend. »Wir

bauen hier das Zeugs zusammen. Aber wir stellen uns bestimmt nicht hin und spielen irgendwelche beknackten Schafhirten.«

Dreyer sah sie ernst an. Er legte jedem der Jungen einen Arm um die Schultern, führte sie beiseite und sprach leise und eindringlich auf sie ein. Marijke spitzte die Ohren, konnte jedoch nichts verstehen. Sie schaute zu Alma und Grethe, die sich ebenso bemühten, dann jedoch resigniert mit den Schultern zuckten. Keine Chance.

Dreyer und die Jungen kamen zur Gruppe zurück.

»Wir machen es«, erklärte Jamie.

»Diakon Dreyer meint, man muss lernen, über seinen Schatten zu springen«, fügte sein Bruder hinzu.

»Das ist die richtige Einstellung«, lobte Pastor Brendel.

»Also spielen Amelia, Jamie und Lennox die drei Hirten«, notierte Dreyer. »Und die Heiligen Drei Könige.«

»Der eine von denen war ein *Mohr*, nicht wahr?«, warf Grethe ein. »Darf man das heute noch so spielen? Und sagen?«

»Wieso denn nicht?«, wunderte sich Witta.

»Weil es ein sehr verletzender Begriff ist«, erklärte Pastor Brendel hilfreich. »Das Wort ist von den Kolonialherren geprägt worden und bringt deren abwertende Haltung der Schwarzen Bevölkerung gegenüber zum Ausdruck. Wir sollten solcherlei Begriffe deswegen nicht mehr benutzen.«

»Aha.« Witta sah ihn mit großen Augen an.

»Aber auch ohne diese Wörter: Da wir keine Schwarze Person in unserer Gruppe haben, sollten wir die Rolle umbesetzen. Unsere Version des Krippenspiels ist ja ohnehin etwas abgewandelt. Bei uns gibt es stattdessen eine Hirtin und Königin«, erklärte Diakon Dreyer, lächelte Amelia zu und blätterte weiter in seinen Unterlagen. »Dann fehlt noch der Wirt.« Er sah Brendel auffordernd an.

Der Pastor hob die Hände. »Ich spiele nicht mit.«

»Schade.« Dreyer ließ den Blick schweifen. »Eine von den Damen vielleicht? Der Wirt kann ja auch eine Wirtin sein.«

Die vier Frauen, die sich um den Pastor scharten, wehrten ab. Dreyer fixierte Marijke. »Wie wäre es mit Ihnen?«

Marijke bekam einen Schreck. Alma, Grethe und Witta umringten sie.

»Ja. Mach das!«, rief Alma begeistert. »Du hast doch früher in der Schule auch Theater gespielt. Bei der Schulaufführung. Was war es gleich? ›Dantons Tod‹, nicht wahr? Du hattest eine Hauptrolle.«

»Julie, Dantons Eheweib«, sagte Marijke und wartete darauf, dass ihre Freundin vom unrühmlichen Ende ihrer kurzen Schauspielkarriere berichtete. Bei der Premiere hatte sie einen Blackout im zweiten Akt gehabt und den Rest des Stücks mit dem Textbuch in der Hand spielen müssen. Danach hatte sie nie wieder auf die Theaterbühne gewollt. Doch an diesen Teil der Geschichte schien sich Alma nicht mehr zu erinnern. Auch Witta machte keine entsprechende Bemerkung.

Grethe mit ihrem Elefantengedächtnis dagegen hatte die Szene offenbar sofort vor Augen, jedenfalls schloss Marijke das aus ihren Worten: »So viel Text ist es ja nicht.«

»Also?« Dreyer sah sie hoffnungsvoll an. »Es sind wirklich nur drei Sätze.«

Marijke überlegte. Ihr Gedächtnis funktionierte vielleicht nicht mehr so gut wie früher, aber drei Sätze würde sie sich doch wohl merken können? Damals war sie aufgeregt gewesen, weil ein Junge im Publikum gesessen hatte, in den sie bis über beide Ohren verliebt gewesen war. Er hatte später die Zweitbesetzung geheiratet, die nach Marijkes Desaster die Rolle der Julie übernommen hatte. Im Grunde ein Glücksfall, sonst wäre Marijke nicht mehr frei gewesen, als sie Rickmer kennengelernt hatte, mit dem sie so viele Jahre glücklich verheiratet gewesen war. »Na gut. Ich versuche es.«

»Bravo!«, rief Raphael Brendel, und die anderen Freiwilligen applaudierten. Marijke spürte, wie ihre Wangen heiß wurden.

»Für die Tiere nehmen wir Holzfiguren«, erklärte Diakon Dreyer. »Die sägen wir aus Sperrholz aus und bemalen sie.« Wieder ein fragender Blick in die Runde.

»Das mache ich«, meldete sich Grethe. »Vielleicht mit den Jungs?« Sie sah zu den Zwillingen. Die drucksten herum, nickten aber nach einem mahnenden Blick von Dreyer. »Klar.«

»Gibt es auch Musik?«, erkundigte sich Witta und deutete auf das Klavier.

»Natürlich. Das übernimmt unser Organist André Strauß.« Der Diakon sah stirnrunzelnd zum Pastor. »Wo ist er eigentlich?«

»Keine Ahnung.« Brendel fischte ein Smartphone aus seiner roten Steppjacke. »Ich schicke ihm eine Nachricht.«

»Gut. Fehlt nur noch jemand, der die Regieassistenz macht. Jemand mit Überblick und Organisationstalent.«

Alma, Witta und Grethe sahen wieder Marijke an.

»Sie?«, fragte der Diakon, der die Blicke bemerkt hatte. »Das lässt sich gut mit der Rolle der Wirtin vereinbaren. Es ist ja nur ein kurzer Auftritt.«

Marijke ließ sich nicht lange bitten. »Von mir aus.«

»Wunderbar.« Dreyer winkte seinem Ensemble zu. »Dann machen wir jetzt die erste Stellprobe mit Text. Pastor Brendel kümmert sich mit den Freiwilligen um die Kostüme. Und die Bäckerinnen können in der Küche mit den Plätzchen anfangen. Wer möchte sich denn am Backwettbewerb beteiligen?«

Kerstin, Michelle, Britta und Neele meldeten sich. Alma hob schüchtern die Hand. »Ich würde auch gern mitmachen.«

»Bitte sehr.« Dreyer wies zu einer Tür auf der Rückseite des Raums. »Die Küche ist dort hinten.«

Die fünf Frauen verschwanden.

»Wir schauen mal im Fundus nach den Kostümen«, erklärte Pastor Brendel und ging mit Sonja Frenz in einen weiteren Nebenraum.

Dreyer zeigte auf eine dritte Tür. »Da hinten ist unsere Garderobe, da können Sie alle Ihre Mäntel und Jacken ablegen. Gleich daneben befindet sich die Werkstatt«, fügte er an Grethe gewandt hinzu. »Schauen Sie doch mal, ob Sie alles finden, was Sie für Esel, Kuh und Schaf brauchen.«

»Geht klar.« Grethe durchschritt dynamisch den Gemeindesaal. Die Sohlen ihrer blauen Turnschuhe quietschten auf dem Boden.

»So.« Dreyer verteilte die Textblätter an seine Schauspieler. »Dann wollen wir mal. Legen Sie Ihre Sachen ab, und lesen Sie Ihren Text durch. Wenn Sie fertig sind, fangen wir mit der Probe an.«

3

Die Küche war groß. Es gab mehrere Arbeitsflächen und einen Backofen, in den man mühelos fünf oder sechs Bleche zugleich schieben konnte. Alma Grieger rieb sich voller Vorfreude die Hände.

Seit ihr Mann Fritz gestorben war und sie die Bäckerei verkauft hatte, hatte sie nur noch für ihre Freundinnen gebacken. Mal einen Kuchen oder eine Torte, mal ein paar Kekse, aber nie größere Mengen. Als sie sich jetzt die weiße Schürze umband und die mitgebrachten Zutaten auf der Arbeitsplatte aufreihte, fühlte sie sich wie in die Vergangenheit zurückversetzt.

An den anderen Tischen taten die Frauen, die alle bestenfalls halb so alt waren wie Alma, das Gleiche. Alma, die mit ihrer jahrzehntelangen Routine jeden Handgriff blind beherrschte, schaute neugierig zu ihnen hinüber.

Michelle Lüdke, die Journalistin, würde ganz einfache Plätzchen backen. Sie hatte nur die Grundzutaten und einen Satz Ausstechformen dabei. Von den Kochgeräten hatte sie sich lediglich einen Backpinsel und eine Teigrolle genommen. Damit würde sie sicherlich keinen Blumenpott gewinnen, wie Grethe es ausgedrückt hätte. Vermutlich ging es ihr auch gar nicht darum. Michelle wollte Atmosphäre schnuppern und die anderen beobachten.

Britta Nanninga, die Kindergärtnerin, plante offenbar etwas für ihre Schützlinge. Neben Eiern, Mehl, Butter und Zucker lagen auf ihrer Arbeitsplatte mehrere Tüten mit bunten Zuckerkugeln, Smarties und Schokostreuseln zum Verzieren, außerdem etliche Päckchen mit dunkler Schokolade für die Glasur und ein Spritzbeutel mit Tülle. Alma lächelte. Als Kind hatte sie Spritzgebäck geliebt.

Neele Hintz, die Fischverkäuferin, würde etwas Vollwertiges backen. In den Tüten auf ihrem Tisch befanden sich den Aufschriften zufolge Dinkel-Vollkornmehl, Hanfsamen, Mandelstifte und gehackte Haselnüsse. Das Mehl und die Eier waren bio. Statt Butter verwendete Neele Margarine, statt Zucker Ahornsirup. Der Teig, den sie zubereitete, war klebrig und zäh. Die Kekse würden sicher lecker werden, an der Ästhetik würde es allerdings mangeln. Neele klatschte einfach Teigklumpen aufs Backpapier, die als formlose Haufen aus dem Ofen kommen würden.

Alma selbst hatte ebenfalls Bioprodukte eingekauft. Mehl, Eier, Butter, gemahlene Haselnüsse, dazu dunkle und helle Kuvertüre und jede Menge Zimt. Zimtsterne mit Schokolade an der Unterseite und einer hellen Oberseite sollten es werden, nicht nur lecker, sondern auch hübsch anzusehen. Die Ausstechformen stammten noch aus der Bäckerei.

Während sie ihren Teig in der Schüssel knetete, sah sie zu Kerstin Kuntz. Die Keitumer Hausfrau hatte ihre Zutaten ebenfalls auf der Arbeitsplatte aufgereiht, aber noch nicht mit der Arbeit begonnen. Stattdessen wühlte sie hektisch in ihrem großen Beutel und gleich darauf in ihrer Handtasche. Ihr Gesicht war blass, und auf ihrer Stirn hatten sich Schweißperlen gebildet.

Alma ging zur Spüle und wusch sich die klebrigen Hände. Dann trat sie zu Kerstin. »Alles in Ordnung?«, erkundigte sie sich.

»Nein.« Die Frau mit den blonden Locken sah sie verzweifelt an. In ihren Augen standen Tränen. »Mein Rezept für die Vanillekipferl ist weg.«

»Wo hatten Sie es denn?«

»In der Handtasche. Oder im Beutel mit den Zutaten. Ich weiß es nicht mehr genau.«

»Vielleicht haben Sie es versehentlich zu Hause liegen lassen.«

»Ja.« In Kerstins Augen flackerte Hoffnung auf. Sie zog ihr Smartphone hervor und tippte auf einen Kontakt. »Kevin!«, rief sie, als jemand das Gespräch annahm. »Kannst du mal kurz in die Küche gehen? Ich glaube, ich habe Omas Vanillekipferlrezept liegen lassen.« Sie wartete und nagte an ihrer Unterlippe. »Nein? Auch nicht im Wohnzimmer?« Aus der aufgebissenen Lippe quoll ein Blutstropfen hervor. »Okay. Danke dir.« Sie drückte das Gespräch weg und ließ das Handy sinken. »Zu Hause ist es nicht. Mein Sohn hat überall nachgesehen.«

Alma kramte in ihrer Handtasche und reichte Kerstin ein Taschentuch. »Für Ihre Lippe.«

»Was? Oh.« Kerstin, die ihre Unterlippe mit der Zunge betastete, zuckte zusammen. Sie tupfte sie mit dem Tuch ab und schaute auf das Blut, das sich ins Papier gesogen hatte. »Das ist eine blöde Angewohnheit. Ich will gar nicht kauen. Es passiert ganz automatisch.«

»Das kenne ich«, erwiderte Alma, obwohl sie keine derartige Marotte hatte. Sie wollte nur nicht, dass Kerstin Kuntz sich schlecht fühlte.

»Was mache ich denn jetzt?«, jammerte die Hausfrau. »Wenn das Rezept weg ist ...«

»Backen Sie heute etwas anderes, das Sie auswendig können«, schlug Alma pragmatisch vor. »Und beim nächsten Mal bringen Sie das Rezept mit.«

Kerstin blinzelte. »Ich hatte nur das eine. Von meiner Oma. Handschriftlich.«

»Sie haben keine Kopie davon gemacht? Oder ein Handyfoto?«

»Nein.« Kerstins Gesicht war tief betrübt. »Daran habe ich gar nicht gedacht. Meine Großmutter ist erst vor einem halben Jahr gestorben, ganz überraschend. Sie hatte mir das Rezept einfach auf einen Zettel geschrieben. Wenn ich ihn verloren hätte, hätte sie mir jederzeit einen neuen schreiben können. Sie war schon neunzig, aber noch völlig klar im Kopf.«

»Ach herrje. Mein Beileid.«

Die Tür zur Küche flog auf. Witta Claaßen stürmte herein, eine Hand an der Dauerwelle. »Und? Wie sieht es hier aus?« Sie bemerkte Alma und Kerstin Kuntz, die gemeinsam mit betrübten Mienen am Tisch standen. »Was ist denn los?«

Alma berichtete kurz. Witta kniff die Augen zusammen. »Sind Sie sicher, dass Sie das Rezept eingesteckt haben?«

»Ja. Ich meine: Ich dachte, ich hätte es getan. Aber jetzt, wo es weg ist...«

»Womöglich hat es jemand gestohlen«, sagte Witta laut.

Die anderen drei Frauen blickten von ihren Plätzchen auf.

»Was soll das heißen?«, empörte sich Neele Hintz. »Wollen Sie uns unterstellen, eine von uns hätte es genommen?«

»Das war doch das Rezept für die Vanillekipferl«, überlegte Witta laut. »Pastor Brendel hat erwähnt, dass sie besonders lecker seien.«

»Und?«

»Vielleicht wollten Sie eine Konkurrentin aus dem Weg haben.«

»Also, das ist doch...«

»Reg dich nicht auf«, beruhigte Britta Nanninga ihre Mitbäckerin. »Die Dame meint es sicherlich nicht so.«

»Doch. Ich...«

Alma zog Witta am Ärmel. »Nun hör schon auf. Das ist hier doch kein Kampf mit Zähnen und Klauen.«

»Na ja.« Witta betastete ihre Dauerwelle. »Vielleicht

war es dieselbe Person, die auch die Kollekte gestohlen hat.«

Eine Teigrolle fiel klappernd zu Boden. Neele Hintz, Kerstin Kuntz und Britta Nanninga starrten Witta an.

»Die Kollekte wurde gestohlen?«, hauchte Neele. Britta, der die Teigrolle vor Schreck aus der Hand gefallen war, bückte sich danach.

»Ich dachte, das soll ein Geheimnis bleiben«, tadelte Michelle Lüdke.

»Schon. Aber unter diesen Umständen ...« Witta hob das Kinn.

Britta tauchte wieder auf, trug die Teigrolle zum Spülbecken und hielt sie unter den Wasserhahn.

»Du hast es gewusst?«, fragte Neele an Michelle Lüdke gewandt.

»Ich habe es zufällig mitbekommen«, erklärte die Journalistin. »Also, eigentlich haben es eher die alten Damen mitbekommen.«

»Wir sind nicht alt«, beschwerte sich Witta.

»Natürlich sind wir das«, sagte Alma scharf. »Du musst endlich lernen, das zu akzeptieren.«

Witta sah sie überrascht an. Von ihrer Freundin, die normalerweise für den Zuckerguss in ihrer Gemeinschaft zuständig war, war sie solche Kritik nicht gewöhnt. Doch in Situationen wie diesen riss selbst Alma gelegentlich der Geduldsfaden.

»Wenn das so ist, sage ich Pastor Brendel, dass das Rezept weg ist«, entschied Kerstin Kuntz und verließ die Küche.

Britta Nanninga trocknete ihre Teigrolle ab und kehrte zu ihrem Tisch zurück, schien aber unschlüssig, ob sie weitermachen sollte.

Witta widmete sich wieder ihrer Marlene-Dietrich-Frisur. »Ich weiß gar nicht, warum sich die Kuntz so aufregt«, raunte sie Alma zu. »Wenn du beim Backwettbewerb mitmachst, hat sie doch ohnehin keine Chance.«

Alma spürte, wie ihr vor Freude das Blut in die Wangen schoss. Witta machte ihr so gut wie nie Komplimente. »Es freut mich, dass du so große Stücke auf mich hältst.«

Witta sah sie überrascht an. »An deinen Fähigkeiten als Konditorin und Bäckerin habe ich nie gezweifelt.«

Alma kräuselte die Stirn. »Und woran hast du gezweifelt?«

»Ach.« Witta wedelte mit der behandschuhten Hand. »Nun leg doch nicht jedes Wort auf die Goldwaage.«

Alma hätte gern noch einmal nachgefragt, doch in diesem Moment kam der Pastor herein, mit Kerstin Kuntz, Jacob Dreyer und den Mitwirkenden des Krippenspiels im Schlepptau.

Dreyer schoss direkt auf Michelle Lüdke zu. »Woher wissen Sie von der gestohlenen Kollekte?«

Michelle zeigte auf Grethe, die mit einem aus Sperrholz ausgesägten Huhn in der Hand neben den Schauspielern stand. »Von ihr.«

Dreyer drehte sich um und kniff die Augen zusammen. Er erinnerte sich offensichtlich an die Begegnung vor der Tür des Gemeindesaals. »Sie haben also doch etwas aufgeschnappt.«

»Ja.« Grethes Miene zeigte keine Spur von Schuldbewusstsein. Alma bewunderte sie dafür. Sie selbst wäre vor Scham im Boden versunken.

»Also gut. Wir haben hier offensichtlich ein Problem«, erkannte Pastor Brendel. »Würden Sie bitte alle nachsehen, ob noch jemandem etwas fehlt?«

Jamie und Lennox blieben mit den Händen in den Hosentaschen an der Tür stehen. »Wir haben gar nichts dabei«, erklärte Lennox.

Sämtliche Frauen durchstöberten ihre Handtaschen. Eine nach der anderen schüttelte den Kopf. »Nee. Alles da.«

Nur die Britta Nanninga wühlte immer noch in ihrem Rucksack. »Das gibt es doch nicht.«

»Was denn?«, fragte Grethe.

»Das Strickmuster von meiner Mutter ist verschwunden.« Die Kindergärtnerin begann, den Inhalt ihres Rucksacks auf einer freien Arbeitsplatte auszubreiten. »Ich bin vorhin extra noch bei ihr vorbeigefahren. Ich weiß mit absoluter Sicherheit, dass es in der Tasche war. Weil ich das Haus gar nicht betreten habe. Meine Mutter hatte einen Termin. Sie hat mir die Tür geöffnet und mir die Klarsichthülle mit dem Muster gegeben, und ich habe es eingesteckt. Und jetzt ist es weg.« Sie leerte den restlichen Inhalt des Rucksacks auf die Arbeitsplatte. Es war ein buntes Sammelsurium aus Schreib- und Schminkutensilien, Haargummis, Hygieneartikeln und Süßigkeiten. »Seht ihr?« Britta pickte einen Bleistift heraus und deutete damit anklagend auf das bunte Häuflein. »Kein Strickmuster.«

Witta neigte sich zu Marijke. »Kein Grund, sich so aufzuregen«, näselte sie. »Wenn du beim Handarbeitswettbewerb mitmachst, hat sie ohnehin keine Chance.«

»Dasselbe hat sie zu mir gesagt, als Kerstin entdeckt hat, dass das Rezept für die Vanillekipferl weg ist«, berichtete Alma an Grethe gewandt. Die griff die Vorlage dankbar auf.

»Hat deine Platte einen Sprung?«, stichelte sie in Wittas Richtung. »Oder gehören Gebetsmühlen jetzt auch zu Weihnachten? Ich dachte, da hat man nur Nussknacker und Weihnachtspyramiden.«

»Meine Damen.« Pastor Brendel klatschte in die Hände. »Lassen Sie uns bitte beratschlagen, was wir jetzt tun wollen.«

»Wir müssen die Polizei rufen«, sagte Neele Hintz aufgebracht. »Was denn sonst?«

»Wir könnten versuchen, dem Abtrünnigen eine Brücke zu bauen«, schlug der Pastor vor.

»Eine Brücke?« Neele sah ihn verständnislos an.

»Wir benennen einen Ort, an dem der Dieb die gestohlenen Dinge hinterlegen soll, und geben ihm bis zum nächsten Treffen Zeit«, erklärte Brendel. »Wenn das Geld, das Rezept und das Strickmuster bis dahin wieder da sind, vergessen wir die Angelegenheit. Wenn nicht, schalten wir die Polizei ein.«

»Ich weiß nicht.« Diakon Dreyer sah nicht begeistert aus.

»Es ist ein Akt christlicher Nächstenliebe, findest du nicht, Jacob?«, fragte Brendel.

Der Diakon spitzte die Lippen. »Wie du meinst.«

»Schön. Dann erwarte ich, die abhandengekommenen Gegenstände spätestens am nächsten Sonnabend im Briefkasten des Pfarrhauses vorzufinden.« Der Pastor lächelte und hob die Hände, als wollte er sämtliche Anwesenden segnen. »Und jetzt machen wir weiter.« Er scheuchte die Darsteller des Krippenspiels zurück in den Gemeindesaal.

Marijke, Grethe und Witta blieben bei Alma in der Küche zurück.

»Meint ihr, das ist ein guter Plan?«, fragte Grethe.

»Ich bezweifle, dass es funktioniert«, verkündete Witta.

»Und wenn beim nächsten Treffen die Polizei gerufen wird, sind die Spuren längst kalt«, stimmte Marijke zu. Seit Kari Blom regelmäßig auf die Insel kam, waren sie mit den Fallstricken polizeilicher Ermittlungsarbeit bestens vertraut.

»Also gibt es nur eine Möglichkeit.« Alma lächelte die Freundinnen an.

»Und die wäre?«, fragte Witta.

Grethe warf der Landarztwitwe einen Blick zu, der deutlich machen sollte, wie überflüssig diese Frage war. »Wir nehmen die Sache selbst in die Hand«, sagte sie. »Was denn sonst?«

...

Marijke Meenken lächelte. Wenn es darauf ankam, waren sie und ihre Freundinnen ein eingespieltes Team. Grethe und Witta verzichteten auf ihre Kabbeleien und konzentrierten sich auf ihre Aufgabe, genau wie Alma. Die Bäckerwitwe verwickelte ihre Mitbäckerinnen in ein Gespräch. Witta und Marijke bildeten einen menschlichen Paravent. Grethe nutzte den Sichtschutz, um rasch die Handtaschen und Jacken der Bäckerinnen zu durchsuchen, die die Frauen auf einem Tisch neben der Tür abgelegt hatten. Es dauerte nur ein paar Minuten, dann war sie damit durch und winkte Marijke und Witta aus der Küche.

»Nix«, sagte sie. »Kein Rezept, kein Strickmuster und keine auffällige Menge Kleingeld.«

»Das wundert mich nicht«, verkündete Witta näselnd. »Das sind anständige Frauen. Der Dieb ist mit Sicherheit einer von den Jugendlichen.«

Grethe, sonst immer auf Konfrontationskurs, stimmte ihr zu. »Sehen wir uns in der Garderobe um.«

Marijke und Witta folgten ihr zu dem kleinen Raum neben dem großen geschmückten Tannenbaum, in dem sie ihre Sachen aufgehängt hatten. Grethe untersuchte rasch die Taschen der Jacken und Mäntel. Der schicke rote Mantel gehörte vermutlich Amelia Ruhland, die blaue Windjacke Paula Moormann und die beiden gefütterten Bomberjacken den Zwillingen Jamie und Lennox Reichelt. Über dem Mantel hing außerdem eine farblich passende Handtasche, neben der Windjacke ein abgewetzter Rucksack. Grethe hatte ihn gerade geöffnet und breitete den Inhalt auf der Bank unter den Haken aus, als die Tür zur Garderobe aufschwang. Der Mann, der hereintrat, blieb überrascht stehen.

»Was machen Sie da?«

Witta hüstelte und holte rasch ein Taschentuch hervor, hinter dem sie sich verstecken konnte. Marijke lächelte den Mann verlegen an. Er war vielleicht vierzig Jahre alt, hatte lange blonde Haare, die ihm über die Schultern fielen, und hellblaue Augen, die sie fragend anblickten. Gekleidet war er komplett in Schwarz, mit Jeans, gebügeltem Hemd und schmalem Sakko. In der Hand hielt er einen gleichfalls schwarzen Wintermantel.

Grethe blieb völlig cool und steckte Portemonnaie, Federetui, Schminktäschchen und ein Paar Winterhandschuhe zurück in den Rucksack. »Der war vom Haken gefallen. Die Sachen lagen auf dem Boden verstreut«, erklärte sie. »Wir wollten das nur schnell wieder in Ordnung bringen.«

Der Mann blinzelte. »Ach so. Ja. Natürlich. Ich dachte

nur im ersten Augenblick ...« Er winkte ab. »Sie gehören zu den Freiwilligen?«

»Ja.« Marijke hatte ihre Fassung wiedergefunden und stellte Witta, Grethe und sich selbst vor.

»Mein Mann war Landarzt in Kampen ...«, ergänzte Witta, verstummte aber, als Grethe ihr den Ellbogen in die Rippen stieß.

»Unsere Freundin Alma ist auch mit dabei«, erklärte Marijke. »Sie beteiligt sich beim Backen.«

»Sehr schön.«

Witta verstaute das benutzte Taschentuch in ihrer weißen Handtasche und schaute ihn mit zusammengekniffenen Augen an. »Verraten Sie uns auch, wer Sie sind?«

»Oh, Verzeihung.« Der Mann deutete eine Verbeugung an. »André Strauß. Der Organist.«

»Man hat Sie schon gesucht«, teilte Witta ihm mit. »Ihr Klavierspiel wird beim Krippenspiel gebraucht.«

»Jetzt bin ich ja da.« Strauß hängte den schwarzen Mantel an einen der Haken und ging in den Gemeindesaal.

»Merkwürdiger Typ«, konstatierte Grethe. Sie hängte den Rucksack zurück an den Haken und nahm sich Amelias Handtasche vor. »Da ist nichts«, stellte sie gleich darauf fest, hängte auch die Tasche zurück und durchsuchte der Vollständigkeit halber noch die Taschen von Strauß' Mantel. Mit einem Kopfschütteln wandte sie sich den Freundinnen zu. »Wer auch immer die Sachen gestohlen hat, hat sie nicht in seiner Tasche oder Jacke versteckt.«

»So ein paar Münzen und Blätter passen ja auch problemlos in die Hosentasche«, bemerkte Witta. »Die beiden Jungen haben doch diese komischen Hosen an, die so tief hängen, mit den vielen großen Taschen.«

»Willst du jetzt eine Leibesvisitation machen?«, erkundigte sich Grethe.

»Wir sollten mit dem Pastor reden«, schlug Marijke vor. »Wenn er sofort die Polizei ruft, könnten die das übernehmen.«

»Gute Idee.« Grethe hängte den schwarzen Mantel zurück und durchquerte mit energischen Schritten den Gemeindesaal. Marijke und Witta hatten Mühe mitzuhalten.

Grethe wandte sich an Jacob Dreyer, der vor der Bühne stand und die Jugendlichen anleitete, die gerade die Übergabe der Geschenke durch die drei Weisen aus dem Morgenland probten. »Wo ist denn der Pastor?«

»Da.« Dreyer deutete abwesend auf die Tür neben der Bühne. »Sonja und Jacob kümmern sich um die Kostüme.«

Grethe strebte weiter. Marijke und Witta wollten ihr folgen, doch Dreyer hielt sie auf. »Stopp. Ich brauche meine Maria. Sie wollten die Rolle doch unbedingt. Dann gehen Sie jetzt bitte auf die Bühne.«

Marijke konnte sehen, dass Witta hin und her gerissen war. Sie wollte auf keinen Fall ihren Auftritt gefährden, aber sie wollte auch nicht, dass die Freundinnen den Kriminalfall ohne sie klärten.

»Keine Sorge. Du verpasst nichts«, beruhigte Marijke sie. »Wir reden ja erst mal nur mit Brendel.«

»Also gut.« Witta warf mit der Geste der großen Diva ihren Schal zurück und stieg die Treppe am Bühnenrand hinauf. Beinahe wäre sie mit dem Absatz hängen geblieben und ins Straucheln geraten, doch im letzten Moment erkannte sie die Gefahr und wich ihr aus. Marijke sah zu, wie sie über die Bühne schritt, und dachte, dass sie wirklich eine gute Figur da oben machte.

Grethe, die vor der Tür zum Kostümraum stehen geblieben war, sah sich nach ihr um. »Was ist jetzt? Kommst du?«

»Ja.« Marijke eilte zu ihr. Grethe streckte die Hand nach der Klinke aus, doch ehe sie sie berühren konnte, öffnete sich die Tür.

Pastor Brendel und Sonja Frenz traten heraus, beide mit einem Lächeln auf den Lippen, die Arme mit bunten Kostümen beladen.

Marijke machte einen Schritt zurück, um den beiden nicht im Weg zu stehen. Dabei fiel ihr Blick eher zufällig auf den Organisten, der neben der Bühne auf dem Klavier klimperte. Sein Spiel wirkte plötzlich mechanisch, und einmal griff er sogar daneben. Was nach Marijkes Einschätzung daran lag, dass seine gesamte Aufmerksamkeit der Jugendgruppenleiterin galt.

»Sonja!« Diakon Dreyer winkte ihr zu. »Ich brauche meinen Erzengel auf der Bühne.«

»Komme schon.« Die Jugendgruppenleiterin eilte zu ihm.

Marijke sah, wie Strauß jeden ihrer Schritte mit den Augen verfolgte.

»Da ist aber jemand verknallt«, bemerkte Grethe, der Strauß' eigenartiges Verhalten ebenfalls nicht verborgen geblieben war. »Meinst du, er hat eine Chance bei ihr?«

»Wer weiß?«, erwiderte Marijke. Die Liebe ging oft seltsame Wege. Wahrscheinlicher war allerdings, dass Sonjas Interesse, wenn überhaupt, eher dem attraktiven Pastor galt, nicht dem farblosen Organisten.

Brendel, der ebenfalls stehen geblieben war, sah Marijke und Grethe fragend an. »Kann ich etwas für Sie tun?«

»Wir wollten vorschlagen, dass Sie doch lieber gleich die Polizei wegen der Diebstähle informieren«, erklärte Marijke. »Die Beamten könnten eine Leibesvisitation vornehmen.«

Brendel lächelte. »Es ist nett, dass Sie sich Gedanken machen. Aber ich habe mich bereits entschieden. Wir müssen in einer solchen Situation abwägen, was wichtiger ist – die Wiederbeschaffung des Diebesguts oder die Herzensbildung des Sünders. Ich glaube, wir gewinnen mehr, wenn derjenige, der vom rechten Weg abgekommen ist, seinen Fehler einsieht und die Sachen aus freien Stücken zurückbringt. Es ist ja schließlich nichts wirklich Wertvolles abhanden gekommen.«

»Die Kollekte?«, fragte Grethe.

»Das waren höchstens ein paar Euro. Der Gottesdienst heute Morgen war spärlich besucht. In der Adventszeit haben die Leute Wichtigeres zu tun. Die kommen dann alle an Heiligabend.«

»Was ist mit dem Vanillekipferlrezept? Das hat einen großen ideellen Wert«, wandte Marijke ein. »Es stammt von Kerstin Kuntz' verstorbener Oma.«

»Sie wird den Verlust sicher bedauern«, stimmte der Pastor zu. »Aber in Wirklichkeit trauert sie um ihre Großmutter. Das Rezept ist nur ein beschriebenes Stück Papier. Worauf es am Ende ankommt, ist die Erinnerung an die besonderen Momente, die man mit einem Menschen geteilt hat. Das ist es, was bleibt: die Liebe und Wärme, wenn man an diesen Menschen denkt, und die Nähe, die man im Herzen verspürt.« Er rückte den Kleiderstapel auf seinen Armen zurecht.

Marijke nickte berührt. Es stimmte. Genau das waren die Gefühle, die sie empfand, wenn sie an ihren verstorbenen Mann Rickmer dachte. Sie tauschte einen Blick mit Grethe und sah, dass es ihrer Freundin mit ihrem Etzard genauso ging.

»Also gut«, sagte sie zu Brendel. »Dann machen wir es so, wie Sie vorgeschlagen haben. Ich bin wirklich gespannt, ob die Sachen bis zum nächsten Samstag in Ihrem Briefkasten landen.«

Brendel setzte seinen Weg fort und zwinkerte ihr im Vorbeigehen zu. »Ich auch.«

4

»Können wir überhaupt fahren?«, fragte Grethe Aldag, als sie am nächsten Sonntag in Marijkes Küche saßen. Die Klempnerwitwe war mit dem Bus aus Keitum gekommen. Nach dem Kaffee, den sie im Anschluss an einen kleinen Mittagsimbiss aufgesetzt hatten, wollten sie Witta in Kampen und Alma in Westerland abholen und anschließend gemeinsam zur St.-Paul-Kirche fahren.

Grethe hätte nicht eigens vorher herkommen müssen. Der Weg nach Archsum führte ohnehin durch Keitum. Doch Grethe wollte nicht die Letzte sein, die eingesammelt wurde, weil sie dann den Großteil der Unterhaltung im Wagen verpassen würde.

Marijke sah aus dem Fenster. Die Temperaturen waren in den letzten Tagen deutlich unter null gesunken. Der Garten lag unter einer tiefen Schneeschicht, und auch jetzt wirbelten wieder dicke Flocken durch die Luft. Mit dem Weihnachtsschmuck im Fenster gab das ein sehr hübsches Bild ab. Das Fahren wurde allerdings zunehmend riskant. Die Räumfahrzeuge kamen kaum gegen die Schneemengen an. Die großen Straßen waren noch frei, auf den kleineren dagegen war es teilweise spiegelglatt.

»Wir probieren es.« Marijke war ein bisschen mulmig dabei zumute, aber sie wollte auf keinen Fall auf das Treffen in der Kirchengemeinde verzichten. Sie hatten in der vergangenen Woche alle viel dafür getan. Marijke und Witta hatten sich mit Handarbeiten beschäftigt, Alma hatte bergeweise Plätzchen gebacken, und Grethe hatte Tierfiguren aus Sperrholz gebaut, die man mithilfe von Scharnieren zusammenklappen konnte. Drei große Taschen standen jetzt in Marijkes Flur, zwei mit den Holzteilen und eine mit Farbdosen. Grethe wollte das Treffen nutzen, um die Figuren zu bemalen.

»Wir sollten rechtzeitig losfahren«, meinte Grethe. »Bevor das Schneetreiben immer dichter wird.«

»Ja.« Marijke leerte ihre Kaffeetasse und stand auf, um sich anzuziehen.

Für den nächsten Tag war Sturm angesagt. Er sollte weitere Schneemassen bringen. Marijke hoffte, dass sich das Wetter an die Vorhersage hielt und das Unheil nicht schon heute über sie hereinbrach.

Dick vermummt machten sie sich gleich darauf auf den Weg. Grethe schleppte die Taschen mit den Holzfiguren, Marijke Tüten mit Mützen, Schals und Handschuhen, die sie in der vergangenen Woche gestrickt und gehäkelt hatte.

Der Toyota war unter einer dicken Schneehaube verschwunden. Marijke bekam kaum den Kofferraum auf, um den Besen und den Eiskratzer herauszuholen. Als sie es schließlich geschafft hatte, verstauten sie die Tüten und Taschen und befreiten den Wagen vom Schnee. Marijke atmete auf, als sie endlich hinterm Steuer saß und der Motor auf Anhieb ansprang.

Die Straße zwischen Braderup und dem Kreisel bei Feinkostmeyer war holprig und von Schlaglöchern übersät. Nun kam noch der festgefrorene Schnee dazu, der sich wie eine Hügellandschaft unter ihren Reifen ausnahm. Marijke fuhr entsprechend vorsichtig. Sie war froh, als sie den Kreisel erreichten und auf die gut geräumte Straße nach Kampen kamen.

Witta stand bereits vor dem Haus, wie am letzten Sonntag ganz in Weiß gekleidet, die Dauerwelle von einem Haarnetz bedeckt. Sie hielt den Kunstpelzkragen ihres Mantels mit beiden Händen fest um ihren Hals gedrückt.

»Da seid ihr ja endlich«, sagte sie, als sie auf dem Beifahrersitz Platz genommen hatte. »Ich bin schon halb erfroren.«

»Du hättest drinnen warten können«, antwortete Grethe.

»Ich wollte sehen, wie sich der Wagen auf den vereisten Straßen macht, ehe ich einsteige«, erklärte Witta.

Grethe schnaubte. Marijke warf ihr einen Blick über den Rückspiegel zu und zuckte mit den Schultern. Früher hätte sie sich vielleicht über Witta aufgeregt, doch mit den Jahren hatte sie sich mit ihrer Art abgefunden. Witta war eben eine Diva, daran würde sich auch nichts mehr ändern.

Alma kam aus der Tür, kaum dass Marijke vor ihrem Haus in der Kjeirstraße gestoppt hatte. Sie hatte offenbar im Windfang gewartet und nach den Freundinnen Ausschau gehalten. In der Hand trug sie eine Tortenglocke für den Transport, über dem anderen Arm einen Korb, der mit einem Küchentuch abgedeckt war.

»Kann ich das in den Kofferraum stellen?«, rief sie Marijke zu. »Ich muss noch mal rein und das Kuchenblech holen.«

Marijke schwang sich aus dem Auto, öffnete die Klappe und schob die Taschen beiseite, um Platz für den Korb und die Torte zu schaffen. Erst jetzt fiel ihr auf, dass Witta gar nichts dabeigehabt hatte. Nur die perlenbesetzte weiße Handtasche, ohne die sie nie aus dem Haus ging.

Sie beugte sich durch die offene Fahrertür in den Wagen. »Hast du deine Stricksachen vergessen?«, erkundigte sie sich.

Witta hob die Augenbrauen. »Nein. Wie kommst du darauf?«

»Du hast keine Tüte dabei.«

Witta hob die Handtasche an, die auf ihrem Schoß stand. »Das ist alles hier drin.«

Grethe neigte sich zwischen den Sitzen nach vorn. »Viel kann es ja nicht sein«, stichelte sie.

Witta hob das Kinn. »Es kommt nicht auf die Quantität an, sondern auf die Qualität.«

»O ja.« Grethe ließ sich schnaubend in den Sitz zurücksinken. »Da bin gespannt.«

»Worauf denn?«, näselte Witta. »Ich habe keine neuen

Sachen mitgebracht, nur die Wolle und Nadeln, um mir gegebenenfalls die Zeit zu vertreiben, wenn nichts zu tun ist. Am Wettbewerb kann ich ja nicht teilnehmen, wie du dich vielleicht erinnerst. Ich bin schließlich in der Jury.« Ihre Hand wanderte zu ihrer sorgsam gelegten Dauerwelle.

»Wie könnte ich das vergessen«, gab Grethe zurück. »Hoffen wir mal, dass Pastor Brendel nicht auf die Idee kommt, du könntest befangen sein. Sonst nimmt er dir das Amt gleich wieder weg.«

»Ich kann das durchaus trennen«, teilte Witta ihr mit. »Meine Aufgabe und unsere Freundschaft. Ich werde die besten Handarbeiten wählen, egal, von wem sie stammen.«

»Wer's glaubt«, murmelte Grethe. »Allein schon, weil du ja nicht ins Musical kommst, wenn nicht eine von uns den Handarbeitswettbewerb gewinnt.«

Witta blinzelte. Tatsächlich schien ihr erst jetzt aufzugehen, in welche Zwickmühle sie sich gebracht hatte.

»Das lass mal meine Sorge sein«, bügelte sie den Einwand ab.

Grethe grinste.

Alma kam mit einem Blech aus dem Haus, auf dem große Lebkuchen mit Schokoladenglasur unter Frischhaltefolie lagen. Dazu hatte sie sich die pinkfarbene Handtasche und einen bunten Patchworkbeutel rechts und links um den Hals geschlungen. Marijke eilte zu ihr und nahm ihr das Blech ab, damit sie die Haustür zuziehen und abschließen konnte. Im Kofferraum war kein Platz mehr, deshalb nahm Grethe das Kuchenblech und Alma den großen Beutel auf den Schoß, der sicher eine Menge Selbstgestricktes enthielt.

»Was für ein tolles Wetter!« Sie strahlte. »So viel Schnee hatten wir schon seit Jahren nicht mehr. Wenn es noch eine Woche so bleibt, bekommen wir weiße Weihnachten.«

Witta wandte den Kopf halb nach hinten. »Also, ich brauche das nicht«, sagte sie. »Es ist viel zu kalt, und dann noch die vereisten Gehwege. Wenn ich nicht meinen Auftritt hätte, würde ich gar nicht aus dem Haus gehen.«

Marijke sah im Rückspiegel, wie Alma und Grethe synchron die Augen verdrehten. Sie startete den Motor und fuhr langsam durch den Ort. Die Straßen waren voller Schneematsch, der von den Reifen in die Radkästen und gegen den Unterboden geschleudert wurde. Marijke mochte gar nicht daran denken, welche Schäden das reichlich verwendete Streusalz anrichten würde.

Als sie von Westerland aus in Richtung Keitum fuhr, musste sie allerdings ebenfalls seufzen. Es sah wirklich wunderschön aus, die weite Landschaft unter der geschlossenen Schneedecke, mit den dicken Flocken, die über den Weiden und Wiesen tanzten. Marijke schaltete den Scheibenwischer ein und beschloss, sich keine Sorgen zu machen und sich stattdessen an der Winterstimmung zu erfreuen. Ändern konnte sie das Wetter ohnehin nicht.

Zehn Minuten später hielten sie auf dem Kirchenvorplatz und gingen mit Tüten, Taschen und Kuchenbehältern bepackt zum Gemeindehaus. Kerstin Kuntz, die kurz vor ihnen eingetroffen sein musste und gerade die Tür öffnete, drehte sich zu ihnen um.

»Ach du liebe Güte«, sagte sie. »Was schleppen Sie denn da alles heran?«

»Kuchen, Strickwaren und die Holzfiguren für das Krippenspiel«, erklärte Marijke.

Kerstin hielt ihnen die Tür auf. Sie selbst hatte wieder ihre große Tasche dabei.

»Haben Sie das Rezept für die Vanillekipferl wiedergefunden?«, erkundigte sich Alma, während sie den Gemeindesaal betraten. Sie waren die Letzten, Pastor Brendel, Diakon Dreyer, Sonja Frenz und die anderen Freiwilligen waren bereits da. André Strauß saß am Klavier und spielte ein Weihnachtslied.

»Leider nein«, sagte Kerstin. »Ich habe stattdessen Spekulatius gebacken. Nach einem Rezept aus dem Internet.«

»Die sind bestimmt auch gut«, verkündete Alma.

Kerstin Kuntz sah sich rasch um, als fürchtete sie, dass sie jemand belauschen könnte. »Haben Sie etwas gehört?«, flüsterte sie. »Ob der Dieb die Sachen beim Pastor abgegeben hat?«

»Nein.« Marijke schüttelte bedauernd den Kopf. »Aber Pastor Brendel wird es uns sicher sagen.«

Diakon Dreyer winkte. Heute war er nicht komplett in Schwarz gekleidet, sondern trug zu schwarzem Hemd und Hose ein taubengraues Sakko mit rotem Einstecktuch. Vermutlich fand er, dass dieser Stil besser zu seiner Funktion als Spielleiter passte.

»Kommen Sie!«, rief er. »Wir wollen mit den Proben anfangen. Ich hoffe, Sie haben alle Ihren Text gelernt?«

Witta nickte huldvoll. »Selbstverständlich.«

Sie brachten das Gebäck in die Küche, legten die Handarbeiten auf einen großen Tisch an der Längsseite des Raums und hängten ihre Mäntel und Taschen in der Garderobe auf. Als sie zurückkamen, hatten sich die anderen vor dem Tisch mit den Strick- und Häkelwaren versammelt.

»Wie hübsch«, sagte Neele Hintz und zeigte auf einen rotweiß geringelten Schlauchschal, den Marijke gehäkelt hatte.

»Den kaufe ich«, verkündete Pastor Brendel, der heute ein rotes Hemd zur schwarzen Jeans trug. Sein Lidschatten passte dazu, er hatte verschiedene Rottöne aufgetragen, zwischen denen kleine goldene Punkte glänzten. Marijke stellte verblüfft fest, dass es ihm gut zu Gesicht stand. Die Augen wirkten größer, das Gesicht weicher. Raphael Brendel war wirklich ein schöner Mann. Das fanden ganz offensichtlich auch die Frauen, die ihn umringten.

Ob er in festen Händen war? Oder lebte er nur für den Glauben? Einen Ehering trug er jedenfalls nicht.

»Kommen Sie!«, rief Diakon Dreyer, der mit dem Textbuch in der Hand vor der Bühne wartete.

Brendel und die Frauen, die ihn umschwärmten, gingen hinüber. Witta neigte sich zu Marijke.

»Glaubst du, er ist vom anderen Ufer?«, wisperte sie.

»Nicht jeder Mann, der sich schminkt, ist schwul«, bemerkte Grethe.

»Warum tut er es dann?«

»Weil es ihm gefällt«, sagte Alma. »Ich finde das toll.«

Witta schüttelte den Kopf. »Ich bleibe dabei. Diakon Dreyer wäre der bessere Pastor.«

»Für jemanden, der so verstaubte Ansichten hat wie du, bestimmt.« Grethe wartete nicht auf eine Antwort, sondern schleppte ihre Taschen zu einem Tisch in der Nähe der Bühne. Sie stellte ihre Farbdosen auf und legte die zusammengeklappten Holzfiguren auf die Arbeitsplatte. Marijke, Alma und Witta folgten ihr.

»Das ist ja großartig!« Der Diakon betrachtete die Figuren, die Grethe auseinanderfaltete. »So gut getroffen. Und diese Idee mit den Scharnieren. Phantastisch!«

Grethe winkte bescheiden ab, doch Marijke konnte sehen, dass sie sich freute. »Ich male sie an, während Sie proben.«

»Sehr schön. Also.« Dreyer ging zu seinen Schauspielern. »Erste Szene. Die drei Könige aus dem Morgenland entdecken den Stern von Bethlehem.«

Amelia, Jamie und Lennox betraten die Bühne.

Sonja Frenz reichte ihnen Umhänge und goldene Kronen. Amelia bekam einen grünen, Jamie einen roten und Lennox einen blauen Umhang.

»Ein Glück«, murmelte Dreyer. »So kann ich die Burschen wenigstens auseinanderhalten.« Er klatschte in die Hände. »Los geht's.«

Jamie holte ein zusammengeschobenes Fernrohr hervor, zog es auseinander und richtete den Blick durch das Rohr auf den goldenen Stern aus Pappmaschee, der über der Bühne an der Decke hing.

»Wow, was ist das?«, rief er. »So einen hellen Stern habe ich ja noch nie gesehen.« Er gab das Fernrohr an Lennox weiter, der ebenfalls hindurchsah. Der Dialog bestand aus begeisterten und staunenden Ausrufen. Offensichtlich entsprach das dem Textbuch, jedenfalls griff Dreyer nicht ein.

Amelia kam dazu. Die beiden Jungen redeten aufgeregt auf sie ein.

»Was glaubst du, was das ist?«, fragte Lennox.

Amelia schaute durch das Fernrohr und lächelte. »Dieser Stern kündet von der Geburt eines neuen Königs. So sagt es die Prophezeiung.«

»Ein neuer König?«

Amelia erklärte, dass es sich um einen besonderen König handelte, einen, der die Welt verändern würde.

»Den will ich kennenlernen«, beschloss Jamie. »Los, wir packen Geschenke ein und gehen zu ihm.«

»Wie finden wir ihn denn?«, fragte Lennox und setzte eine ratlose Miene auf.

»Wir folgen dem Stern.« Amelia zeigte zur Decke. »Er wird uns den Weg weisen.«

Die drei griffen nach ihren Bündeln, die auf dem Bühnenboden standen, und gingen nach hinten ab, die Blicke auf den großen Stern gerichtet.

»Sehr schön!«, rief Dreyer. Die anderen Freiwilligen, die sich auf die Stuhlreihen verteilt hatten, applaudierten. Der Diakon kletterte auf die Bühne, rückte ein paar Requisiten zurecht und befestigte eine Markierung, die sich offenbar gelöst hatte, wieder am Boden. Dann nahm er seine Position als Spielleiter wieder ein.

»Ich hätte nicht gedacht, dass die Jungs das so gut hinbekommen«, sagte Alma leise zu Marijke. »Die haben sich ja richtig ins Zeug gelegt. Als Wiedergutmachung vielleicht?«

»Du glaubst auch, dass sie die Sachen gestohlen haben?«

»Na ja.« Alma hob unbehaglich die Schultern. »Man soll ja keine Vorurteile haben. Aber von allen Anwesenden kann ich mir die beiden am ehesten als Diebe vorstellen.«

»Hm.« Marijke selbst ging es nicht anders. »Ich hoffe, Pastor Brendel lüftet das Geheimnis bald.«

»Wahrscheinlich will er uns nicht die Stimmung verderben. Oder er spart sich die gute Nachricht für den Schluss auf.«

»Hoffen wir es.«

Die Tür zum Kostümraum öffnete sich, und Witta trat heraus. Sie trug ein schlichtes blaues Kleid und flache Schuhe. Die weiße Dauerwelle war unter einem dunklen Tuch verborgen. Wittas Gesicht war so geschickt geschminkt, dass sie tatsächlich fast wie ein junges Mädchen aussah. Mit zierlichen Schritten trippelte sie zur Treppe und erklomm die Bühne.

»Alle Achtung«, sagte Alma. »Das muss der Pastor gemacht haben. Er hat wirklich ein Talent für Make-up.«

Eine weitere Person kam aus dem Kostümraum, und dieses Mal hielten alle den Atem an. Ein Raunen ging durch den Gemeindesaal.

Sonja Frenz, die Jugendgruppenleiterin, trug ein silbernes Kleid mit Engelsflügeln und hochhackige Pumps. Ihre blonden Locken ergossen sich über ihre Schultern. An ihrem silbernen Stirnband war ein Heiligenschein befestigt, der über ihrem Haar zu schweben schien.

»Wow.« Alma konnte den Blick nicht von Sonja Frenz lösen, die sich mit tänzerischer Leichtigkeit auf der Bühne bewegte.

Marijke schaute zu André Strauß, der sein Klavierspiel unterbrochen hatte und die engelsgleiche Gestalt anstarrte. Wenn sie noch Zweifel daran gehabt hatte, dass er tiefe Gefühle für Sonja Frenz hegte, waren sie hiermit widerlegt.

»Bitte sehr.« Dreyer machte eine auffordernde Geste in Richtung seiner Darstellerinnen und wandte sich an

Pastor Brendel. »Raphael, wärst du so nett, für die Probe in die Rolle des Erzählers zu schlüpfen? Bei der Aufführung spiele ich diesen Part, aber im Moment würde ich mir die Sache gern von unten ansehen.«

»Kein Problem.« Brendel nahm von Dreyer ein Textblatt entgegen und positionierte sich vor den Darstellerinnen.

»Und los!«, kommandierte Dreyer.

Brendel trug den Erzähltext vor und machte einen Schritt zurück, als er fertig war. An seiner Stelle traten Witta und Sonja nach vorn.

Witta hob die Hand, als würde sie geblendet, eine Geste, die sie perfekt beherrschte. »Wer bist du?«, rief sie.

»Stopp!«, unterbrach Dreyer. »Sonja, du stehst nicht auf deiner Position. Du musst weiter nach rechts.«

Sonja Frenz zuckte gleichgültig mit den Schultern und machte ein paar Schritte zur Seite.

»Danke. Noch mal«, sagte Dreyer.

Witta, die Hand immer noch erhoben, rief erneut: »Wer bist du?«

Sonja trat auf sie zu. »Ich bin der Engel Gabriel. Gott hat mich gesandt, dir eine wichtige Botschaft zu bringen.«

Witta ließ die Hand sinken. »Gott? Mir?«

Dreyer gestikulierte, weil Sonja offenbar wieder nicht richtig stand. »Schau auf die Markierung«, zischte er, doch die Jugendgruppenleiterin ignorierte ihn.

»Ja«, säuselte sie. »Du bist auserwählt, einen Sohn auf

die Welt zu bringen. Er wird Jesus genannt werden, der Sohn Gottes und sein Stellvertreter auf Erden.«

Witta schlug die Hände vor den Mund. »Aber ... wie ...?«

Sonja hob die Arme. »Fürchte dich nicht. Gottes Kraft wird sich an dir zeigen ...«

Alma schnappte nach Luft. »O Gott!«, stieß sie hervor.

Dreyer drehte sich zu ihr um. »Pst.«

Alma streckte den Arm aus und wies nach oben zur Bühnendecke. »Da!«

Jetzt sah Marijke es auch. Der Stern von Bethlehem senkte sich Stück für Stück, immer ein paar Zentimeter, als würde eine Kette über ein hakeliges Zahnrad laufen. Je näher er der Bühne kam, desto schneller wurde er. Marijke wollte eine Warnung ausstoßen, doch es war zu spät. Von einer Sekunde auf die andere löste sich der Widerstand. Mit einem unheilvollen Sirren rauschte der Stern von der Decke, und der lange Schweif traf Sonja Frenz am Kopf.

Die Jugendgruppenleiterin schrie auf und stürzte zu Boden. Überall um Marijke herum wurden Entsetzensschreie laut. Nur Grethe blieb cool. »Der ist doch bloß aus Pappmaschee. Das kann nicht so schlimm sein.«

Witta kniete sich neben Sonja und fühlte nach ihrem Puls. »Da ist nichts!«, rief sie, das Gesicht blass vor Schreck.

Diakon Dreyer kletterte rasch auf die Bühne. »Gehen

Sie bitte beiseite.« Er hockte sich neben die Jugendgruppenleiterin und legte ihr die Finger an die Halsschlagader. Anschließend zog er eine Miniatur-Taschenlampe hervor, die an seinem Schlüsselbund hing. Er leuchtete ihr damit in die Augen und hielt zuletzt das Ohr vor ihren offen stehenden Mund.

Witta erhob sich umständlich wieder und fegte Staubflusen von ihrem Kleid. »Ich hoffe, Sie wissen, was Sie da tun. Mein verstorbener Mann war Landarzt ...«

»Witta!« Grethe war ebenfalls auf die Bühne geklettert und schob die Freundin beiseite.

»Diakon Dreyer ist gelernter Krankenpfleger und Rettungssanitäter«, sagte Pastor Brendel, der stocksteif neben ihnen stand.

Der Diakon hob den Kopf und sah den Pastor mit leerem Blick an. »Sie ist tot.«

»Was?«, kreischte Neele Hintz, und unter den Anwesenden brach ein Tumult aus. André Strauß wurde weiß wie ein Laken und kippte vom Klavierhocker.

Raphael Brendel kniete sich neben Dreyer und legte eine Hand an Sonjas Wange. »Nein. Das kann nicht sein.«

»Es tut mir leid.« Dreyers Stimme war heiser. Er stand auf, ein wenig schwankend, kletterte von der Bühne und ging zum Klavier. Kurz musste er sich festhalten, um die Fassung wiederzufinden. Dann kümmerte er sich um Strauß. »Kann mir bitte jemand ein Glas Wasser bringen? Oder einen Schnaps?«

Grethe eilte die Bühnentreppe herunter und kramte einen Flachmann aus der Tasche ihres Troyers. »Da.«

Dreyer schraubte die kleine Flasche auf und hielt sie Strauß an die Lippen. Mit Mühe gelang es ihm, dem Organisten etwas Schnaps einzuflößen. Strauß hustete und schlug die Augen auf.

»Was?« Sein Blick irrte durch den Raum und blieb an der Toten auf der Bühne hängen.

Pastor Brendel drückte Sonja Frenz die Lider zu. Alle standen wie erstarrt und warteten auf ein Zeichen. Brendel erhob sich und stieg die Bühnentreppe hinunter. Auf der untersten Stufe blieb er stehen. Er schluckte schwer und faltete die Hände. »Lasst uns beten.«

Marijke tat es ihm gleich. Ihre Gedanken jagten, während Brendel sprach. Wie konnte jemand von einem Stern aus Pappe erschlagen werden? Aber vielleicht war die Todesursache ja auch eine andere. Sonja könnte vor Schreck einen Herzinfarkt erlitten haben. Oder einen Hirnschlag?

Sie wartete, bis der Pastor mit seinem Gebet fertig war und die Anwesenden sein »Amen« wiederholt hatten. Dann lief sie zu ihm. »Wir müssen die Polizei rufen.«

»Wozu?«, fragte Dreyer, der den Organisten wieder auf seinen Hocker gesetzt hatte. »Das war offenkundig ein Unfall. Wir brauchen einen Arzt, der einen Totenschein ausstellt, und einen Bestatter, der sich um die sterblichen Überreste kümmert.«

Grethe nahm den Flachmann entgegen, den Dreyer ihr hinhielt. Ehe sie ihn zuschraubte, nahm sie einen kräftigen Schluck. »Das war kein natürlicher Tod. Das wird auch der Arzt auf dem Totenschein so ankreuzen«, erklärte sie. »Es wird eine Ermittlung geben. Und der Leichnam muss obduziert werden.«

»O mein Gott.« Dieses Mal war es Pastor Brendel, der so bleich wurde, dass Marijke befürchtete, er würde umkippen.

Grethe ging zu ihm und reichte ihm den Flachmann. Brendel zögerte kurz. Dann kippte er den Schnaps hinunter.

Der Diakon gesellte sich zu ihnen und sah Grethe an. »Sie schauen wohl viele Fernsehkrimis?«

»Nein. Ich löse lieber Kreuzworträtsel.«

»Weshalb kennen Sie sich dann so gut mit solchen ... Dingen aus?«

»Meine Freundinnen und ich unterstützen gelegentlich die hiesige Kriminalpolizei bei ihren Ermittlungen«, verkündete Witta, die ebenfalls die Bühne verlassen hatte.

»So?« Dreyer schenkte ihr einen skeptischen Blick.

»Sie werden es ja sehen.« Witta wedelte mit der weiß behandschuhten Hand. »Wenn Kriminalhauptkommissar Jonas Voss kommt.«

Der Pastor gab Grethe den Flachmann zurück, die ihn wieder in der Tasche des Pullovers verstaute. Anschließend zog er sein Smartphone hervor und wählte den Notruf. Als das Gespräch angenommen wurde, schilderte er, was geschehen war.

»Wie bitte?« Brendels Gesicht nahm einen ungläubigen Ausdruck an. »Wann ist das denn passiert?« Er ging mit dem Telefon am Ohr zur Außentür und stieß sie auf.

Ein scharfer Windstoß fegte eine Wolke aus Schneeflocken in den Gemeindesaal. Von den Gebäuden gegenüber war nichts mehr zu sehen. Alles war hinter einer weißen Wand verschwunden. Auf der Straße lag der Schnee so hoch, dass die Reifen der parkenden Autos darin versanken.

Brendel schloss die Tür rasch wieder.

»Gut. Wir warten«, sagte er ins Telefon und beendete das Gespräch. Dann wandte er sich an die Gruppe. »Der Sturm hat uns erreicht. In der letzten halben Stunde ist fast ein Meter Neuschnee gefallen. Auf der Landstraße nach Archsum sind mehrere Bäume entwurzelt worden. Es kommt niemand mehr durch, weder die Polizei noch ein Rettungswagen oder der Bestatter.«

»Um Gottes willen.« Witta schnaufte.

Diakon Dreyer zog die Augenbrauen zusammen. »Ich hatte es Ihnen schon am letzten Sonntag gesagt. Sie sollten den Namen des Herrn nicht so inflationär gebrauchen«, fuhr er sie an.

»Aber ich bitte Sie! In dieser Situation!«, kreischte Witta.

Dreyer schaute zur Bühne und schnitt eine unglückliche

Grimasse. »Ja. Sie haben recht. Verzeihen Sie. Das ist der Schock. Mir sind die Nerven durchgegangen.«

»Das verstehe ich«, erklärte Witta großmütig.

»Ich suche nach einem Laken, mit dem wir sie bedecken können«, sagte der Diakon und ging in den Kostümraum.

»Die Polizei bittet uns darum hierzubleiben, bis sie kommen kann.« Pastor Brendel lachte heiser. »Überflüssig eigentlich. Wo sollen wir denn hin?« Er ließ den Blick suchend durch den Raum schweifen, als gäbe es irgendwo eine Tür in eine bessere Parallelwelt.

Grethe trat zu Witta. »Gib mir mal deine Handschuhe.«

Witta runzelte die Stirn. »Wozu?«

»Ich will mir den Stern genauer ansehen.«

»Warum?«

»Glaubst du wirklich, dass das ein Unfall war?«

Almas Gesicht, das ebenfalls blass geworden war, rötete sich wieder. »Du meinst ... Mord?«

»Wer weiß?«

Witta streifte die weißen Seidenhandschuhe ab und reichte sie Grethe. »Aber mach sie nicht schmutzig.«

Grethe schnappte sich die Handschuhe. »Wenn du sonst keine Sorgen hast ...« Sie kletterte auf die Bühne und untersuchte den Pappstern.

»Was tut sie denn da?«, fragte Michelle Lüdke, die vollkommen fassungslos wirkte.

»Sie will nur etwas nachschauen.«

Dreyer kam mit einem großen Laken wieder und breitete es über der toten Jugendgruppenleiterin aus. »Lassen Sie uns in die Küche gehen«, schlug er vor. »Ich glaube, wir können jetzt alle eine Tasse Tee gebrauchen.«

»Mit einem ordentlichen Schuss Rum«, stimmte Witta zu. »Oder besser gleich einen steifen Grog. Zucker hilft ja bekanntlich gut gegen den Schock.«

»Ihr Mann war Landarzt, hat sie gesagt?«, fragte Michelle Lüdke.

»Ja.« Marijke sah die Journalistin an. Wollte sie jetzt doch einen Artikel über Witta schreiben? Nein, wahrscheinlich eher über den Tod von Sonja Frenz. Das war auf jeden Fall spektakulärer als ein Bericht über den Weihnachtsbasar und das Krippenspiel.

Pastor Brendel, Diakon Dreyer und die Freiwilligen verschwanden in die Küche. Michelle Lüdke schien unschlüssig, ob sie bei den Häkelfreundinnen bleiben oder den anderen folgen sollte, entschied sich dann jedoch dafür, sich der Freiwilligengruppe anzuschließen. Vermutlich erhoffte sie sich von Sonjas Arbeitskollegen bessere Informationen für ihren Artikel.

André Strauß saß an seinem Klavier und starrte die Tasten an, als wüsste er nicht mehr, was man damit anfing. Alma, Witta und Marijke kletterten zu Grethe auf die Bühne.

»Und?«, fragte Alma.

Grethe, die neben dem Stern gehockt hatte, erhob sich und streifte die Handschuhe ab. »Heb den mal an«, forderte sie Alma auf und reichte ihr die Handschuhe.

»Wozu?«, erkundigte sich Witta.

»Um mir zu sagen, ob ich spinne.«

»Das kann ich dir auch so sagen ...«, entgegnete Witta, verstummte aber, als Alma ihr einen bösen Blick zuwarf.

Die Bäckerwitwe zog die Handschuhe über und griff nach dem Pappstern. »Du liebe Güte. Der wiegt ja mindestens zehn Kilo.«

Grethe nickte. »Da ist was drin.«

»Was denn?«

»Ich weiß es nicht. Aber das finden wir heraus.« Sie ließ sich von Alma die Handschuhe zurückgeben, zog ein Taschenmesser hervor und klappte es auf. Ehe sie sich hinhockte und ein kleines Loch in den Sternenschweif schnitt, warf sie dem Organisten einen raschen Blick zu, doch Strauß beachtete sie nicht. Er war vollkommen in seine Gedanken versunken.

Aus dem Loch rieselten feine Körner heraus.

Sand. Davon gab es hier auf der Insel mehr als genug. Doch warum sollte jemand den Stern damit füllen? Je leichter er war, desto besser ließ er sich aufhängen. Es sei denn, der Absturz war geplant gewesen.

Grethe war bereits zum Bühnenrand unterwegs. Dort befand sich die Kurbel, mit der man das Stahlseil, an dem der Stern gehangen hatte, bewegen konnte.

Die Freundinnen umringten sie. »Und?«

»Die Bremse, mit der verhindert wird, dass das Seil durchrutscht, ist kaputt.«

»Also war es einfach Pech?«, fragte Alma.

»Nein. Da hat jemand nachgeholfen«, erklärte Grethe. »Seht ihr das? Da sind Kratzer auf dem Metall. Der Täter hat ein Werkzeug benutzt, um die Bremse zu zerstören. Ein Messer oder einen Schraubenzieher vermutlich.«

»Warum ist der Stern dann nicht sofort heruntergefallen?«, fragte Witta.

Grethe deutete auf ein Objekt, das neben ihr auf dem Boden lag. Es war ein gummierter Keil, der aussah wie ein Türstopper.

»Der Täter hat das Seil verkeilt. Dann hat er gewartet, bis Sonja unter dem Stern stand, und den Keil gelockert.«

»Wozu der Aufwand? Er hätte doch auch einfach die Bremse lösen können«, wandte Witta ein.

»Dann hätte man ihn in dem Moment, in dem der Stern abgestürzt ist, an der Kurbel gesehen. Man hätte sofort gewusst, wer für Sonjas Tod verantwortlich ist. Stattdessen hat er den Keil so geschickt hineingesteckt, dass es einen Augenblick gedauert hat, bis sich das Seil gelöst hat. Eine oder zwei Minuten, schätze ich. Zeit genug, um sich ins Publikum zu setzen und sich unwissend zu geben.«

»Wie raffiniert!« Alma machte große Augen.

»Außerdem wollte er vermutlich vortäuschen, dass es ein Unfall war, weil die Bremse von selbst kaputtgegangen ist.«

»Ha!«, rief Witta laut. »Da hat er aber die Rechnung ohne den Wirt gemacht.«

André Strauß hob den Kopf und sah zu ihnen herüber.

»Pst«, machte Marijke. »Es ist besser, wenn fürs Erste niemand weiß, was wir wissen.«

»Warum? Meinst du, der Täter räumt uns sonst aus dem Weg?«

Grethe verdrehte die Augen. »Wohl kaum. Aber wenn er nicht weiß, dass wir ihm auf der Spur sind, wird er vielleicht leichtsinnig und macht Fehler.«

Almas Augen funkelten. »Also machen wir es so wie Kari? Wir ermitteln undercover?«

Grethe nickte. »Ganz genau.«

Sie schauten zu Strauß, doch der Organist hatte das Interesse an ihrem Gespräch bereits wieder verloren. Er schlug ein paar Tasten an, und eine leise, traurige Melodie schwebte zu ihnen herüber.

»Der Pastor hat gesagt, wir warten, bis die Straße geräumt ist und die Einsatzkräfte eintreffen«, überlegte Grethe. »Das ist unsere Chance.«

»O ja«, stimmte Alma begeistert zu. »Ehe die Polizei da ist, haben wir den Fall vielleicht schon geklärt.«

Marijke war nicht ganz so optimistisch. Aber wenn es den Freundinnen half, über den Schock hinwegzukommen – warum nicht?

Witta betrachtete die Handschuhe, die Grethe ihr zurückgab, und hielt ihr den einen demonstrativ vor die Nase. »Da ist ein Ölfleck drauf.«

»Von der Kurbel vermutlich«, sagte Grethe.

Witta spitzte die Lippen. »Und was denkst du, wie ich den wieder rausbekommen soll?«

»Gallseife. Hilft gegen alles, auch gegen Schmiere«, antwortete Grethe mit der langjährigen Erfahrung einer Klempnergattin.

»So etwas habe ich nicht. Die riecht so komisch.« Witta rümpfte die Nase.

»Dann kaufe ich dir eben neue.« Grethe riss Witta die Handschuhe aus den Fingern und stopfte sie in die Hosentasche.

»Nicht nötig.« Witta hob das Kinn und öffnete ihre Handtasche. »Ich habe immer ein Ersatzpaar dabei.« Sie zog zwei blütenweiße Seidenhandschuhe hervor und streifte sie über ihre Finger.

Grethe runzelte die Stirn. »Worüber regst du dich dann auf?«

»Über die Art, wie du mit fremden Sachen umgehst.«

Alma seufzte vernehmlich. »Könnt ihr nicht einmal damit aufhören, euch ständig zu behakeln?«

Grethe und Witta schauten auf Sonja Frenz' Leichnam, der sich unter dem weißen Laken abzeichnete.

»Ja. Du hast recht«, lenkte Grethe ein. Witta hob die Hände in einer Geste stummer Kapitulation.

»Also«, sagte Marijke und sah ihre Freundinnen fragend an. »Wie gehen wir vor?«

»Wir mischen uns unter die Leute und versuchen, etwas aufzuschnappen«, erklärte Grethe wie aus der Pistole geschossen. »Und wenn wir jemanden allein erwischen, stellen wir ein paar schlaue Fragen.«

»Was denn für Fragen?« Witta kräuselte die Stirn.

Grethe verdrehte die Augen. »Wie die Person zu Sonja Frenz stand. Was Sonja für ein Mensch war. Ob jemand einen Grund hatte, ihr etwas anzutun.«

»Ach so, das.« Witta rückte ihre Dauerwelle zurecht. »Ich dachte, du meintest irgendetwas, das nicht so selbstverständlich ist.«

»Der Täter muss zu den Personen gehören, die sich im Augenblick hier im Gemeindehaus aufhalten«, ging Marijke dazwischen, ehe sich der nächste Disput zwischen den Freundinnen entspinnen konnte. »Wenn du recht hast, Grethe, und zwischen dem Lockern des Keils und dem Herabfallen des Sterns nur ein paar Minuten lagen.«

Alma und Grethe nickten zustimmend.

Witta spähte zum Organisten, der immer noch auf seinem Klavierhocker saß und leise die Tasten anschlug. »Ich fange mit André Strauß an. Den erwische ich auf jeden Fall allein«, verkündete sie. Sie winkte mit der Hand in dem schneeweißen neuen Handschuh und stöckelte zum Klavier. Grethe sah ihr kopfschüttelnd nach.

»Kommt.« Alma hakte sich bei Marijke und Grethe ein. »Wir gehen zu den anderen in die Küche. Da erfahren wir bestimmt etwas.«

...

Witta fixierte André Strauß. Sie würde ihren Freundinnen beweisen, dass sie ihnen mehr als eine Nasenlänge voraus war. Die Lösung des Rätsels war schließlich ganz einfach. Der Organist war in Sonja Frenz verliebt gewesen. Die Jugendgruppenleiterin hatte ihn abblitzen lassen, und Strauß hatte sich dafür gerächt.

Das Klavier stand in strategisch günstiger Position, nur ein paar Meter von der Kurbel entfernt, in die der Täter den Keil gesteckt hatte. Strauß hatte sich lediglich kurz erheben, zum Bühnenrand schlendern und mit einer beiläufigen Bewegung den Keil lockern müssen. Danach hatte er in aller Ruhe zum Klavier zurückkehren und so tun können, als sei er vom Absturz des Sterns ebenso überrascht wie alle anderen.

Doch sie, Witta Claaßen, Witwe des ehemaligen Kampener Landarztes Wilhelm Claaßen, würde ihn überführen.

»Was spielen Sie denn da?«, fragte sie den Organisten, der immer noch mit abwesender Miene die Tasten anschlug.

Strauß hob den Kopf und blinzelte. »Ich … das …« Das Spiel brach ab. »Keine Ahnung.«

Witta stellte fest, dass er ihr nicht in die Augen sah. Weil er nicht wollte, dass sie die Schuld darin entdeckte? Oder war er einfach nur schüchtern?

Sie deutete zur Bühne, auf der Sonjas Leichnam unter dem Laken lag wie eine makabre Requisite. »Schrecklich«, hauchte sie. »Die arme Frau Frenz.«

»Ja.« Strauß senkte den Blick wieder auf die Tasten.

»So eine attraktive Frau«, fuhr Witta fort und betrachtete nebenbei den Organisten. Er sah nicht schlecht aus, mit seinen langen blonden Haaren und den blauen Augen, die von hellen Wimpern eingerahmt wurden, aber er machte nichts daraus. Mit den hochgezogenen Schultern und den Armen, die er dicht an den schlaksigen Körper gepresst hielt, wirkte er verklemmt. Ganz anders als Sonja Frenz, die so selbstbewusst und unbefangen aufgetreten war.

Strauß antwortete nicht.

Witta legte die behandschuhte Hand aufs Klavier. Wie ihr großes Idol Marlene Dietrich. Wenn Strauß die Töne spielen würde, könnte sie singen. *Ich bin von Kopf bis Fuß auf Liebe eingestellt ...*

Witta schob den Gedanken beiseite. Das Lied könnte sie später singen. Wenn sie den Mörder gefasst hatten. Allerdings würde ihr dann, wenn sie richtig lag, der Klavierspieler fehlen.

»Hat Sonja Ihre Liebe erwidert?«, fragte sie und beugte sich zu Strauß hinunter.

Der Organist rückte so weit von ihr ab, wie es der Klavierhocker zuließ. »Ich war nicht in sie verliebt«, behauptete er, den Blick weiterhin auf die Tasten gerichtet.

»Ach, kommen Sie, Herr Strauß.« Witta wedelte mit der Hand. »Das konnte doch ein Blinder sehen. Diese Blicke, die Sie ihr zugeworfen haben.« Sie neigte sich noch ein wenig näher zu ihm. »Mir können Sie es doch sagen.«

Strauß hielt sich die Ohren zu. »Hören Sie auf!«, jammerte er.

Witta sah ihn verblüfft an. So verhielt sich doch kein erwachsener Mensch! Ihr Sohn Sören hatte einmal so reagiert, als er die kostbare Vase im Flur mit dem Fußball kaputt geschossen hatte und Witta in lautes Wehgeschrei ausgebrochen war, aber da war er ein fünfjähriger Bengel gewesen.

Sie holte sich einen Stuhl, den sie in einem guten Meter Entfernung vom Klavier aufstellte, und setzte sich Strauß gegenüber. Die persönliche Distanz wahren, nicht in den Schutzraum des Gegenübers eindringen und ihm auf Augenhöhe begegnen. Das war im Umgang mit übermäßig schüchternen Menschen die richtige Strategie. Witta kannte sich aus, schließlich hatte sie jahrzehntelang ihrem Mann in der Praxis geholfen und vielen Patienten kompetent zur Seite gestanden, auch ohne die entsprechende Ausbildung.

Tatsächlich nahm Strauß die Hände wieder herunter.

»Hat Sonja Sie abblitzen lassen? Waren Sie deshalb wütend auf sie?«, fragte Witta behutsam.

»Nein.« Strauß zupfte an seinen Fingern. »Ich war nicht wütend, ich ...« Er biss sich auf die Lippen, als ihm klar wurde, dass er sich verplappert hatte.

»Sie ...?«

»Ich war traurig. Verzweifelt. Ich dachte, es zerreißt mich.« Strauß schüttelte den Kopf, als wäre es ihm ein Rätsel, warum er sich plötzlich einer wildfremden Frau anvertraute. Die blonden Haare fielen ihm in die Stirn und wehten wie ein Vorhang vor seinem Gesicht. Dann hielt er inne. »Warum wollen Sie das eigentlich so genau wissen? Meinen Sie, es war kein Unfall?«, fragte er an die Tasten seines Klaviers gewandt.

»Ich denke, es war Mord.«

Strauß hob den Kopf, und dieses Mal sah er ihr geradewegs in die Augen. »Mord?«, fragte er schockiert. »Sie glauben, ich hätte Sonja umgebracht, weil sie meine Liebe nicht erwidert hat?«

»Der Gedanke ist mir gekommen, ja.«

Strauß schluckte. »Nein. Ich hätte ihr niemals etwas antun können.«

Witta sah ihn scharf an und kam zu dem Schluss, dass er die Wahrheit sagte. Diese Augen konnten nicht lügen.

Aber wenn er es nicht gewesen war, wer hatte Sonja Frenz dann auf dem Gewissen?

»Sie könnten mir helfen, ihren Mörder zu finden«, schlug sie vor.

»Ich? Ihnen?« Strauß' Miene zeigte nichts als Verwirrung. »Wie denn?«

»Erzählen Sie mir von Frau Frenz. Was für ein Mensch war sie?«

Strauß' Augen bekamen einen feuchten Glanz. Sein

Blick wanderte an Wittas Kopf vorbei zur Bühne. Eine ganze Weile starrte er stumm auf Sonjas toten Körper. Erst als Witta schon dachte, sie würde überhaupt keine Antwort mehr bekommen, öffnete er den Mund. »Sie war ... wie ein Engel aus Eis«, flüsterte er.

Witta runzelte die Stirn. Was sollte das nun heißen? So schön? So unerreichbar? Oder so kalt?

»Verraten Sie mir, was Sie damit meinen?«

»Sie ...«, setzte der Organist an, konnte jedoch nicht weitersprechen, weil er von Schluchzern geschüttelt wurde. Tränen liefen über sein Gesicht und durchnässten sein Hemd.

Witta suchte in ihrer Handtasche nach Taschentüchern, musste jedoch feststellen, dass sie keine eingesteckt hatte.

»Kommen Sie. Wir gehen in den Waschraum«, schlug sie vor und erhob sich.

Es war ein wenig mühsam, den Organisten auf die Füße zu ziehen, doch schließlich stand er und ließ sich von ihr zur anderen Seite des Gemeindesaals führen, wo sich die Toiletten befanden. Vielleicht würde es ja helfen, wenn sie ihm ein bisschen kaltes Wasser über die Handgelenke laufen ließ und ihm die Tränen mit Papierhandtüchern trocknete.

...

Marijke Meenken seufzte. Sie hatte auf Informationen gehofft, doch stattdessen in der Küche ein einziges Stimmengewirr vorgefunden. Alle redeten aufgeregt durcheinander. Nur Neele Hintz saß leichenblass auf einem Hocker und zitterte am ganzen Leib. Diakon Dreyer hatte sich zu ihr hinunter gebeugt und kontrollierte ihren Puls.

»Sie braucht ein Beruhigungsmittel«, sagte er zu niemand bestimmtem.

Pastor Brendel, der gerade auf Kerstin Kuntz einredete, blickte auf. »Ich hätte da ein pflanzliches Präparat im Haus.«

Dreyer zuckte mit den Schultern. »Nicht optimal, aber besser als nichts.«

Der Pastor wirkte unschlüssig. Offenbar wollte er seine Schäfchen ungern allein lassen. Marijke erkannte ihre Chance und nutzte sie.

»Wenn Sie mir den Schlüssel geben, kann ich hinübergehen und es holen«, bot sie an.

Brendel wehrte ab. »Ich kann Sie unmöglich bei dem Schneesturm nach draußen schicken.«

In Ihrem Alter, sagte er nicht, aber Marijke konnte an seinem Gesicht ablesen, dass es das war, was er dachte.

»Keine Sorge. Ich bin auf Sylt groß geworden und habe mein ganzes Leben hier verbracht«, erklärte sie. »Ich habe schon ganz andere Stürme erlebt. Nicht nur an Land, auch auf See. Mein Mann war Kapitän. Mich haut so leicht nichts um.«

Brendel schaute auf ihre Füße. Marijke trug praktisches, solides Schuhwerk mit gutem Profil. »Wenn Sie es sich zutrauen ...«

»Absolut.«

»Na gut.« Der Pastor zog ein Schlüsselbund hervor. »Die Tabletten sind im Medizinschrank im Bad. Die erste Tür rechts im Obergeschoss. Das Pfarrhaus befindet sich direkt neben der Kirche. Hausnummer sieben.«

»Das finde ich.« Marijke nahm die Schlüssel entgegen.

»Ich komme mit«, entschied Grethe.

»Ich auch.« Alma schnappte sich ihre Handtasche, die sie auf der Arbeitsplatte abgelegt hatte.

Sie durchquerten den Gemeindesaal. Grethe sah sich suchend um. »Wo ist denn Witta? Und der Organist?«

»Nanu?« Tatsächlich war weder von ihrer Freundin noch von André Strauß etwas zu entdecken. Der Organist würde Witta doch nicht in einen der Nebenräume gezerrt haben, um ihr den Mund zu stopfen, weil er dachte, dass sie zu viel wusste?

Marijke schüttelte über sich selbst den Kopf. Die Kurbel der Bühnendekoration zu manipulieren, war eine Sache, jemandem den Hals umzudrehen, eine ganz andere.

»Bestimmt sind sie in die Waschräume gegangen«, meinte Alma.

»Stimmt«, sagte Grethe. »Wenn Witta nicht alle fünf Minuten nach ihrer Dauerwelle sehen kann, ist sie nicht glücklich. Und André Strauß ... So ein Schock kann einem schon mal auf die Blase schlagen.«

Marijke nickte erleichtert. Das war eine vernünftige Erklärung.

Sie gingen in die Garderobe, hüllten sich in ihre Mäntel und zogen Mützen und Handschuhe über. Dann liefen sie wieder zurück. Marijke öffnete vorsichtig die Außentür des Gemeindesaals.

Ein heftiger Wind wirbelte ihr Schneeflocken ins Gesicht. Marijke senkte den Kopf und machte sich entschlossen auf den Weg. Alma und Grethe folgten ihr.

Sie stapften durch den Schnee, der ihnen bis über die Knie ging. Marijke spürte, wie ihre Hosenbeine und Schuhe durchnässt wurden, doch das kümmerte sie nicht. Die Sachen konnte man später wieder trocknen.

Im dichten Schneetreiben gingen sie um die Kirche herum zu dem kleinen Haus, das sich daneben befand. Der Sturm fuhr ihnen unter die Jacken und trieb ihnen Eiskristalle entgegen, die wie kalte Nadeln auf der Haut stachen.

Marijke war froh, als sie die Haustür erreichten. Sie kontrollierte die Hausnummer. Sieben, wie der Pastor gesagt hatte.

»Das ist es«, bestätigte Grethe.

Marijke suchte den richtigen Schlüssel heraus und öffnete die Tür. Rasch traten sie in den Hausflur und warfen die Tür hinter sich ins Schloss. Alle drei atmeten auf.

»Was für ein Sturm!«, rief Alma. Ihre Wangen leuchteten, genau wie ihre Augen. Grethe dagegen wirkte völlig ungerührt.

»Wir legen besser die Sachen ab«, schlug Marijke vor,

streifte die Schuhe ab und schälte sich aus Mantel und Handschuhen. »Sonst machen wir hier alles nass.«

»Und Brendel könnte genau sehen, wo wir gewesen sind.« Grethe und Alma taten es ihr gleich. Dann teilten sie sich auf. Marijke ging ins Bad, um das Beruhigungsmittel zu holen. Alma schaute sich im Wohnzimmer um. Grethe nahm das Arbeitszimmer des Pastors unter die Lupe.

»Ich habe was!«, rief sie gleich darauf triumphierend, als Marijke gerade das Medizinschränkchen geöffnet und die Tabletten herausgenommen hatte. Rasch steckte sie die Schachtel ein, schloss das Schränkchen und eilte nach unten.

Grethe stand vor dem Schreibtisch des Pastors. Sie hatte die Schubladen geöffnet und hielt einen Fotostreifen aus einem Passbildautomaten in der Hand. Marijke, die gleichzeitig mit Alma eintraf, hielt inne und sah sich beeindruckt um. Zwei Wände des Raums waren komplett mit Bücherregalen zugestellt, an einer weiteren hingen gerahmte Fotos. Sie zeigten Raphael Brendel im schwarzen Ornat mit Menschen überall auf der Welt. Marijke erkannte die orangefarbenen Gewänder buddhistischer Mönche, ein Gewusel aus blauen Schuluniformen vor einem Gebäude mit südafrikanischer Flagge, die bunten Trachten einer vermutlich slawischen Hochzeit und die aufwändigen Kostüme einer Gruppe von Dragqueens, den Namen der Lokale im Hintergrund nach auf der Reeperbahn.

»Was hast du da?«, fragte Alma.

Grethe reichte ihr den Fotostreifen.

»Oh«, machte Alma.

Marijke trat dazu. Sie schaute ebenfalls auf die Bilder und blinzelte. Das war in der Tat eine Überraschung!

Die Fotos zeigten Raphael Brendel und Sonja Frenz. Brendel hatte den Arm um Sonja gelegt. Beide strahlten in die Kamera. Auf dem letzten Foto des Streifens küssten sie sich.

»Das ist dann wohl eindeutig«, kommentierte Grethe.

»Der Pastor hatte eine Affäre mit der Jugendgruppen-leiterin«, hauchte Alma und schüttelte den Kopf. »Das hat den anderen Frauen bestimmt nicht gefallen.«

»Welchen anderen Frauen?«, fragte Grethe.

»Denen aus der Backgruppe«, erklärte Alma. »Die sind doch alle in den Pastor verschossen.«

»Das ist ein Mordmotiv«, urteilte Grethe.

Marijke und Alma nickten. Auch wenn Marijke es sich bei den freundlichen Frauen nicht so recht vorstellen konnte – denkbar war es schon, dass eine von ihnen be-schlossen hatte, die Nebenbuhlerin aus dem Weg zu räu-men, damit sie selbst freie Bahn bei dem attraktiven Pastor hatte.

»Denen fühlen wir auf den Zahn«, sagte Grethe.

»Auf jeden Fall.« Alma zog ihr Smartphone aus der Handtasche und fotografierte die Bilder ab. Dann reichte sie Grethe das Beweisstück, die es zurück in die Schublade legte.

Nachdem sie sichergestellt hatten, dass ihr Herum-
schnüffeln keine Spuren hinterlassen hatte, hüllten sie sich
wieder in ihre Mäntel und traten hinaus ins Schneetreiben.
Es war in den wenigen Minuten, die sie im Haus verbracht
hatten, noch dichter geworden. Der Schnee lag mindestens eine Handbreit höher als zuvor. Die Polizei würde so
rasch nicht durchkommen.

Marijke lächelte still in sich hinein. Zeit genug für die
Häkelmafia, den Mörder oder die Mörderin von Sonja
Frenz dingfest zu machen.

· · ·

Pastor Brendel nahm die Tabletten dankbar entgegen
und gab sie an Neele Hintz weiter, die gleich drei davon
aus dem Blister drückte. Brendel tauschte einen Blick mit
Diakon Dreyer. Der zuckte nur mit den Schultern. »Ich
glaube nicht, dass bei diesem Präparat die Gefahr einer
Überdosierung besteht.«

Alma brachte der Fischverkäuferin ein Glas Wasser, damit sie die Pillen besser herunterbekam. »Wollen wir vielleicht ein paar Schritte gehen?«, schlug sie vor. »Das hilft
mir immer, wenn ich aufgeregt bin.«

Neele sah sie an, als hätte sie einen Flug zum Mond ange-
regt. »Raus? Bei dem Wetter?«

»Ich dachte, wir gehen einfach im Gemeindesaal herum«, erklärte Alma. »Der ist doch groß genug.«

»Einverstanden.« Neele hatte offenbar nichts dagegen,

aus der lauten und überfüllten Küche herauszukommen. Sie stellte das Glas beiseite und stand auf. Alma hakte sich bei ihr ein, weil sie das Gefühl hatte, dass Neele ein bisschen wackelig auf den Beinen war.

»Das war eine gute Idee«, sagte die Fischverkäuferin gleich darauf, während sie gemeinsam zum anderen Ende des Saals schlenderten und vor dem großen Tannenbaum stehen blieben. Neele nahm einen der bunt verpackten Geschenkkartons aus der mit Stroh gefüllten Krippe, drehte ihn abwesend zwischen den Fingern und legte ihn schließlich wieder zurück. »Ich kann einfach nicht glauben, dass das passiert ist.« Sie sah kurz zur Bühne, wandte den Blick aber gleich wieder ab. »Was für ein Pech, dass Sonja direkt unter dem Stern stand, als er abgestürzt ist.«

Alma nahm ebenfalls ein Geschenk aus der Krippe, hielt es am ausgestreckten Arm von sich und betrachtete es wie eine Wahrsagerin ihre Kristallkugel. »War es das?«

»Was?«

»Pech?«

Neele runzelte die Stirn. »Ich weiß nicht, was du meinst. Oh, Entschuldigung. Jetzt habe ich Sie geduzt.«

»Das ist schon in Ordnung.« Alma legte das Geschenk zurück in die Krippe. »Nach dem, was wir hier gerade erlebt haben. Und überhaupt, unter Bäckerinnen, da siezt man sich doch nicht, wenn man gemeinsam am Ofen steht.«

Neele lächelte sie an. »Du bist eine tolle Frau, Alma. Ich hoffe, wenn ich mal alt bin, werde ich auch so wie du. Ich meine ...« Ihr Gesicht rötete sich. »Nicht, dass ich finde, dass du wahnsinnig alt bist ...«

»Das bin ich aber«, sagte Alma. »Ich habe die Achtzig schon hinter mir.«

»Im Ernst?« Für eine Sekunde schien Neele die Tote auf der Bühne zu vergessen. »Das hätte ich nicht gedacht.«

Alma lächelte. Sie war stolz darauf, dass sie noch so dynamisch war. Beim Tanztee, den sie regelmäßig besuchte, konnte sie immer noch gut mit den Jüngeren mithalten. Was sicher auch daran lag, dass sie als junges Mädchen viele Jahre rhythmische Sportgymnastik gemacht hatte. Was der Körper einmal gelernt hatte, vergaß er nicht.

Sie wollte gerade davon berichten, doch dann besann sie sich auf ihre Mission.

»Der Pastor ist ein attraktiver Mann«, sagte sie leichthin, während sie ihre Runde um die Stuhlreihen fortsetzten. Dabei fiel ihr auf, dass Witta und André Strauß noch immer nicht wieder aufgetaucht waren. Konnte man sich wirklich derart lange auf der Toilette aufhalten?

»O ja.« Neeles Augen bekamen einen schwärmerischen Glanz. »Er sieht wirklich gut aus. Und er ist so ein positiver Mensch. Klug und wortgewandt. Und hast du bemerkt, dass er Lidschatten benutzt?«

»Ja. Das ist mir gleich aufgefallen.«

»Er will damit zeigen, dass jeder selbst bestimmen kann, was für eine Person er sein will. Dass man sich nicht auf irgendwelche Rollen festlegen muss.«

»Du bist ein bisschen in ihn verliebt, stimmt's?«, fragte Alma direkt.

Neele lief rot an. »Ich ... Merkt man das so deutlich?«

»Na ja. Wie du ihn ansiehst ...«

Neele seufzte. »Ja. Aber er sieht *mich* überhaupt nicht an. Ist ja auch kein Wunder. Ich bin nicht hübsch.«

Alma betrachtete die Frau mit den mausbraunen Haaren, der langen Nase und den Augen, die ein wenig zu weit auseinander standen. Nein, eine Schönheit war sie nicht. »Du bist nett«, sagte sie.

»Nett ist die kleine Schwester von langweilig.« Neele winkte ab. »Ist ja auch egal. Ich habe kein Glück mit den Männern.«

»Und der Pastor war in festen Händen«, bemerkte Alma.

Neele blieb abrupt stehen. »Wie kommst du darauf?«

»Er war mit Sonja Frenz zusammen.«

»So? Na ja.« Neele seufzte. »Sonja war hübsch. Würde mich nicht wundern, wenn es stimmt.«

»Da kann man schon mal wütend werden, stimmt's?«

»Was?« Neele blinzelte. »Moment mal. Du spinnst dir da doch nichts zusammen, oder? Glaubst du vielleicht, ich habe dafür gesorgt, dass Sonja der Stern auf den Kopf fällt, damit ich bei Pastor Brendel freie Bahn habe?«

»War es so?«

»Quatsch.« Neele zog Alma am Arm weiter. »Was würde das denn bringen? Kerstin, Britta und Michelle sind doch ebenfalls in den Pastor verknallt. Und jede von ihnen sieht tausendmal besser aus als ich. Wenn ich eine Chance haben will, müsste ich sie alle umbringen.«

Alma wollte einwenden, dass Äußerlichkeiten nicht alles waren, doch vermutlich hatte Neele recht. Nett waren die Frauen schließlich alle.

Neele blieb erneut stehen. Alma sah, wie es in ihrem Kopf arbeitete.

»Wenn es tatsächlich kein Unfall war ... dann hat vielleicht eine von den dreien etwas damit zu tun.« Neele rieb sich die Nase. »Nein, das ist Blödsinn. Keine von ihnen wäre zu so etwas fähig. Es hat ja auch niemand gewusst, dass Brendel mit Sonja zusammen war.« Sie runzelte die Stirn. »Woher weißt du eigentlich davon?«

»Ach.« Alma wedelte mit der Hand, so wie es Witta sonst gerne tat. »Man schnappt so dies und das auf, wenn man die Ohren offen hält.«

»Hm.« Neele ließ ihre Hand sinken und strebte einen der Stühle in der letzten Reihe an. »Ich setze mich ein bisschen hierhin. Ich muss das alles erst mal verdauen.«

»Klar.« Alma ließ sie allein und blieb nachdenklich vor dem Tannenbaum stehen. Konnte sie Neele Hintz nun von der Liste der Verdächtigen streichen? Oder hatte sie ihr die schüchterne graue Maus nur vorgespielt, um sich von jedem Verdacht reinzuwaschen?

...

»Ich gehe auch irgendwohin, wo es ruhiger ist«, erklärte Kerstin Kuntz ein paar Minuten später in der Küche, die von Stimmengewirr erfüllt war.

»Wir könnten uns in den Kostümraum setzen«, schlug Marijke vor.

»O ja. Und den Tee nehmen wir mit.« Britta Nanninga, die Kindergärtnerin, stellte rasch die Teekanne und ein paar Becher auf ein Tablett und ging damit zur Tür. Grethe hielt sie ihr auf.

»Ich komme auch mit«, beschloss die Journalistin Michelle Lüdke.

Gemeinsam liefen sie durch den Gemeindesaal, sorgsam darauf bedacht, nicht zur Bühne zu schauen. Nur Grethe riskierte einen kurzen Blick auf die Tote unter dem Laken.

Marijke schaute sich rasch um. Von Witta und dem Organisten André Strauß war noch immer nichts zu sehen. Neele Hintz saß in der letzten Reihe auf einem der Stühle und starrte vor sich hin. Alma stand auf der anderen Seite des Raums vor dem riesigen Tannenbaum, den Blick zur Spitze gerichtet, auf der ein silbern funkelnder Stern saß. Marijke rief ihren Namen und winkte ihr zu. Alma drehte sich um. Sie erwiderte die Geste und eilte durch den Saal zu ihnen.

Im Kostümraum war es eng, aber zumindest ruhig. An der Wand standen dicht behängte Garderobenstangen auf Rädern. Auf einem Tisch lagen Stoffteile und angefangene Näharbeiten. In einer Ecke stand eine in die Jahre gekommene elektrische Nähmaschine, wahrscheinlich die Spende eines Gemeindemitglieds.

»Was hat Neele Hintz gesagt?«, erkundigte sich Marijke leise bei Alma.

»Sie war entsetzt, als ich ihr von meinem Verdacht erzählt habe, dass es Mord war. Ich glaube nicht, dass sie etwas damit zu tun hat. Sie hat nicht gewusst, dass Brendel mit Sonja zusammen war. Und sie hat sich ohnehin keine Chancen bei ihm ausgerechnet, weil die anderen Frauen in ihren Augen viel attraktiver sind als sie.«

Grethe und Michelle trugen ein paar Stühle heran und stellten sie im Kreis auf. In die Mitte kam ein weiterer Stuhl, auf dem Britta das Tablett abstellte.

»Mein Gott«, sagte Kerstin und ließ sich auf einen der Stühle fallen. »Das ist alles so furchtbar.«

»Du sollst den Namen des Herrn nicht inflationär gebrauchen«, tadelte Michelle mit erhobenem Zeigefinger. Kerstin und Britta brachen in albernes Gelächter aus. Grethe sah Marijke und Alma bedeutungsvoll an. Offenbar hatte Diakon Dreyer seinen Spruch nicht nur bei Witta zur Anwendung gebracht.

Im nächsten Moment schlug Kerstin erschrocken die Hand vor den Mund. »Entschuldigung. Ich wollte nicht lachen. Jetzt, wo Sonja ...«

»Machen Sie sich keine Vorwürfe. Sie versuchen nur, den Schock zu verarbeiten«, beruhigte Marijke sie.

Kerstin lächelte sie dankbar an. »Es ist gut, dass Sie da sind. Jemand, der so besonnen ist.«

»Sie haben doch Pastor Brendel«, sagte Grethe. »Und Diakon Dreyer.«

»Die sind aber auch ganz schön durch den Wind«, bemerkte Michelle und sah Marijke, Alma und Grethe nacheinander forschend an. »Sie dagegen ... Man könnte glauben, Sie hätten ständig mit tragischen Todesfällen zu tun.«

Was nicht ganz falsch war, aber das würde Marijke ihr nicht verraten. Die Frauen sollten nicht auf die Idee kommen, dass sie irgendetwas anderes vorhatten, als gemeinsam den Schreck zu verdauen.

»Das liegt am Alter«, erklärte sie. »Wir haben schon eine Menge erlebt. Und etliche Menschen verloren. Wir sind alle vier seit vielen Jahren verwitwet.«

Kerstin, Britta und Michelle nickten mitfühlend.

»Ich möchte wissen, warum dieser blöde Stern überhaupt runtergefallen ist«, stieß Britta hervor. »Wer war denn für die Bühnendeko verantwortlich?«

Das war eine gute Frage. Marijke, Alma und Grethe sahen die anderen Frauen neugierig an.

»Sonja und ihre Jugendgruppe«, wusste Kerstin. »Die haben den Stern gebaut und aufgehängt.«

»Also war sie selbst schuld?« Britta Nanninga machte große Augen. »Sie hat den Stern nicht richtig befestigt, und dann ist er ihr auf den Kopf gefallen?«

»Wer sagt, dass sie es selbst war? Wahrscheinlich haben

doch die Jungs den Stern festgemacht«, wandte Michelle ein.

»Nein. So war es nicht.« Marijke wechselte einen Blick mit Grethe, die ihr zunickte. Wenn sie etwas herausfinden wollten, mussten sie den Frauen sagen, was sie wussten. »Der Stern ist nicht aus Versehen heruntergefallen. Da hat jemand nachgeholfen. Und wenn ihn nicht jemand heimlich mit Sand gefüllt hätte, wäre auch nichts passiert.«

Die drei Frauen sahen sie ungläubig an. »Wie bitte?«

Marijke erklärte, was sie herausgefunden hatten.

»Wie hinterhältig«, sagte Britta Nanninga. Michelle Lüdke holte ihr Notizbuch hervor und begann zu schreiben. Ein tödlicher Unfall war eine gute Story. Ein Mord war noch spektakulärer. Wahrscheinlich sah sie schon die Schlagzeile vor ihrem geistigen Auge.

»Was glauben Sie, warum jemand Sonja Frenz umbringen wollte?«, fragte Marijke.

Die Frauen sahen sich an und schüttelten die Köpfe.

»Da kann ich mir beim besten Willen keinen Grund vorstellen«, erklärte Kerstin Kuntz.

»Waren Sie nicht eifersüchtig?«, erkundigte sich Grethe. »Weil Sonja etwas mit dem Pastor hatte?«

Kerstin blinzelte. »Wie kommen Sie denn darauf?«

»Wir haben da zufällig ein Foto entdeckt.«

»Ein Foto?«

»Auf dem die beiden sich küssen«, konkretisierte Grethe.

Michelle sog scharf die Luft ein und machte sich eilig Notizen. Die Story wurde immer besser.

»Eifersucht«, sagte Grethe. »Das ist ein Eins-a-Mord-motiv.«

»Nee.« Britta Nanninga starrte sie an. »Sie glauben doch nicht, dass eine von uns ...?«

»Der Pastor gefällt Ihnen doch, oder nicht?«

»Sicher gefällt er mir«, sagte die Kindergärtnerin. »Er ist ein toller Mann. Aber ich würde doch nicht ...«

»Ich auch nicht«, erklärte Kerstin Kuntz empört.

»Keine von uns würde das tun«, schloss sich Michelle Lüdke an.

Marijke betrachtete die drei nachdenklich. Jede der drei Frauen wirkte im Reinen mit sich und ihrer Person. Sie würden nicht der albernen Phantasie erliegen, dass sie die Konkurrentin nur ins Jenseits befördern mussten, um den Pastor für sich zu gewinnen.

Grethe war offensichtlich zu demselben Schluss gekommen. »Wenn es keine von Ihnen war, wer könnte dann ein Motiv gehabt haben, Sonja Frenz nach dem Leben zu trachten?«, fragte sie.

Die drei tauschten wieder Blicke.

»Keine Ahnung«, sagte Kerstin Kuntz. »Derselbe, der die Sachen gestohlen hat, vielleicht? Womöglich ist Sonja ihm auf die Spur gekommen und wollte ihn anzeigen.«

Marijke biss sich auf die Lippe. Die gestohlene Kollekte, das Vanillekipferlrezept und das Strickmuster hatte sie über den Tod von Sonja Frenz komplett vergessen. Aber Kerstin Kuntz hatte recht. Die Vorfälle könnten zusammenhängen.

»Die Sachen sind also nicht wieder aufgetaucht?«, erkundigte sich Alma. »Der Dieb hat sie nicht in den Briefkasten von Pastor Brendel gesteckt?«

»Keine Ahnung«, sagte Kerstin Kuntz, und auch die beiden anderen Frauen zuckten mit den Schultern.

»Fragen wir ihn«, schlug Grethe vor und erhob sich.

Michelle sprang auf. »Ich komme mit.«

»Ich auch«, verkündete Alma.

Britta Nanninga schüttelte den Kopf. »Wollen wir nicht lieber auf die Polizei warten? Die haben mehr Erfahrung mit solchen Dingen.«

»Ach was.« Grethe winkte ab. »Was die können, können wir schon lange. Das ist schließlich nicht unser erster Mordfall.« Damit strebte sie zur Tür und war im nächsten Moment verschwunden, dicht gefolgt von Alma und Michelle Lüdke.

Marijke stand rasch auf und lief ihnen nach. Im Hinausgehen sah sie noch, wie Britta und Kerstin aufgeregt aufeinander einredeten. Offensichtlich hatten sie eine Menge Fragen. Aber die konnten sie auch noch später beantworten.

5

Als sie die Küche betraten, stellte Marijke überrascht fest, dass die Jugendlichen allein dort waren. Pastor Brendel und Diakon Dreyer hatten sich offenbar ebenfalls zurückgezogen. Die jungen Leute saßen auf den Arbeitsflächen und hielten Gläser in den Händen, in denen eine braune Flüssigkeit schwappte.

»Was ist das?«, fragte Grethe, griff nach dem Handgelenk von Jamie – oder war es Lennox? – und schnupperte an seinem Glas. »Hm. Cola mit Weinbrand. Oder eher Weinbrand mit Cola?«

Jamie nahm das Glas in die andere Hand und machte sich unwillig los. »Was geht Sie das an?«

»Ich will auch etwas davon«, erklärte Grethe.

Amelia deutete auf den Tisch am Fenster. Dort stand eine Weinbrandflasche neben zwei Flaschen Cola, einer normalen und einer zuckerfreien.

Grethe nahm ein Glas aus dem Schrank und schenkte sich ein. »Noch jemand?«

»Nein, danke.« Michelle wehrte ab.

»Ich könnte ein Gläschen gebrauchen«, erklärte Alma. Marijke schloss sich ihr an. Ein kleiner Schluck zur Beruhigung konnte nicht schaden. Auch wenn sie sich unbeeindruckt gaben – der gewaltsame Tod der Jugendgruppenleiterin hatte sie genauso berührt und betroffen gemacht wie alle anderen auch. Sie waren nur besser darin, es zu verbergen.

Grethe reichte Alma und ihr die gefüllten Gläser. Alma nippte vorsichtig daran, Marijke nahm lieber gleich einen ordentlichen Schluck. Das war schließlich fast so etwas wie Medizin.

Die Tür zur Küche schwang auf, und Witta schwebte herein. Sie trug immer noch das blaue Kostüm der Maria. Das Kopftuch hatte sie abgenommen.

»Wo warst du denn?«, erkundigte sich Grethe. »Und wo ist André Strauß?«

»Im Waschraum«, erklärte Witta und rückte die weiße Dauerwelle zurecht. Alma, die genau das vorhergesagt hatte, lächelte.

»Das Kopftuch hat mir die Haare plattgedrückt«, fuhr Witta fort. »Dabei war ich erst letzte Woche beim Friseur. Weißt du, was das jedes Mal kostet?«

»Nee. Ich schneide mir die Haare selbst.« Grethe prostete den jungen Leuten zu und leerte das halbe Glas in einem Zug.

»Das sieht man«, erklärte Witta mit einem missbilligenden Blick auf Grethes kurze eisgraue Haare.

»Mir gefällt es«, entgegnete Grethe unbeeindruckt und nahm einen weiteren Schluck. »Zu wenig Weinbrand«, befand sie und füllte nach.

»Bekomme ich auch ein Glas?«, näselte Witta.

»Hey.« Jamie rutschte von der Arbeitsplatte und baute sich vor ihr auf. »Sie schlürfen uns ja alles weg.«

Der junge Mann war einen Kopf größer als sie, doch Witta schaffte es trotzdem, ihn von oben herab zu mustern. »Der Weinbrand gehört also euch?«

Jamie erwiderte ihren Blick finster. »Ihnen gehört er ja wohl auch nicht.«

Witta wedelte den Einwand nonchalant beiseite. »Sag mir lieber, wie ihr euch mit Frau Frenz verstanden habt.«

Lennox sprang von der Arbeitsplatte und gesellte sich zu seinem Bruder. »Was ist denn das für eine Frage?«

»Eine ganz simple. Seid ihr gut mit ihr ausgekommen? Oder gab es Streit?«

»Wir kommen mit jedem gut aus«, grinste Jamie.

Witta verzog höhnisch den Mund. »Das kann ich mir vorstellen.«

Lennox schnaubte. »Geh uns nicht auf den Keks, du alte Schachtel.«

»Wie bitte?« Witta hob das Kinn. Ihr ganzer Körper vibrierte vor Empörung.

Grethe stellte ihr Glas beiseite und ging dazwischen. »Dir fehlt es an Respekt, junger Mann.«

»Warum?«, fragte Lennox. »Sie ist eine alte Schachtel.«

»Pass auf, Bürschchen.« Grethe packte ihn am Ohr und zwirbelte es. Der Junge heulte auf und ging in die Knie.

»Au«, jammert er. »Aufhören!«

»Nimmst du zurück, was du gesagt hast?«

»Ja.«

»Entschuldigst du dich bei meiner Freundin?«

Lennox zögerte. Grethe zwirbelte noch ein bisschen weiter.

»Ja!«

»Fein.« Grethe ließ ihn los.

Lennox murmelte eine Entschuldigung und ging schleunigst auf Distanz. »Komm. Wir hauen ab«, sagte er zu seinem Bruder, und die beiden verließen eilig die Küche.

»Nicht schlecht«, kommentierte Witta.

Grethe zuckte mit den Schultern. »Das hat Etzard mit den Lehrlingen gemacht, wenn sie nicht gespurt haben.«

»Scheint ja mächtig wehzutun«, bemerkte Alma.

»Ach was.« Grethe winkte ab. »Der Junge übertreibt. Heult, als hätte ich ihm einen Tritt in die Ei ...«

»Grethe!« Witta hob entsetzt die behandschuhten Hände.

»Du hast recht«, sagte die Klempnerwitwe. »Es ist ja nicht Ostern. In die Pfeffernüsse, gefällt dir das besser?«

Witta schüttelte den Kopf. Alma und die beiden Mädchen kicherten.

»Wo ist denn der Pastor?«, fragte Marijke.

»Er wollte telefonieren. Mit seinem Vorgesetzten«, erklärte Amelia, fasste die langen blonden Haare am Hinterkopf zusammen und knotete ein rosafarbenes Haargummi darum.

»Kommt bestimmt gleich wieder«, ergänzte Paula.

»Und Diakon Dreyer?«

»Der wollte nach Herrn Strauß sehen«, sagte Amelia. »Dem Organisten. Soweit ich es verstanden habe, hat Herr Strauß Kreislaufprobleme. Und Herr Dreyer ist ja gelernter Krankenpfleger.«

Grethe neigte Witta den Kopf zu. »Hast du was herausgefunden bei Strauß?«, wisperte sie.

Witta hatte bereits wieder zu ihrer Marlene-Dietrich-Attitüde zurückgefunden. »Er war es nicht«, erklärte sie näselnd. »Er hat Sonja Frenz geliebt. Nie im Leben wäre er in der Lage gewesen, ihr etwas anzutun. Da bin ich mir absolut sicher.«

»Schön.« Grethe schwang sich zu den beiden Mädchen auf die Arbeitsplatte. »Erzählt doch mal. Wie war die Frau Frenz so?«

»Okay«, sagte Amelia.

Marijke und ihre Freundinnen sahen sie fragend an. »Okay? Das ist alles?«

Alma holte das Tablett mit den Lebkuchen, zog die Frischhaltefolie ab und bot es reihum an. Marijke, Witta, Grethe und Michelle griffen sofort zu. Die beiden Mädchen zögerten, nahmen sich dann aber auch jede einen Lebkuchen.

»Na ja.« Amelia stellte ihr Glas beiseite. »Sie hat coole Sachen mit uns gemacht, und sie war nett, aber keine Freundin oder so. Keine, mit der man über seine Probleme redet.« Sie biss ein Stück vom Lebkuchen ab und lächelte. »Hm. Die sind gut.«

Alma strahlte und bediente sich ebenfalls. Sie kaute mit gerunzelter Stirn und nickte dann. Offenbar war sie mit dem Ergebnis ihrer Backerei zufrieden. Marijke, die Almas Schokoladenlebkuchen liebte, knabberte an ihrem und seufzte genüsslich. Mit diesen Lebkuchen würde Alma den Backwettbewerb auf jeden Fall gewinnen.

Grethe fixierte Paula. »Und du? Was denkst du über Sonja?«

Paula strich sich durch die kurzen dunklen Haare und biss ebenfalls in ihren Lebkuchen. Ein Manöver, um Zeit zu gewinnen, argwöhnte Marijke. »Ja, echt lecker«, sagte sie kauend.

Grethe verputzte ihr Gebäck mit wenigen Bissen. »Klar. Alma macht die besten Lebkuchen weit und breit.« Sie neigte den Kopf. »Also?«

Paula merkte, dass sie nicht um eine Antwort herumkam. »Na ja.« Sie brach ein weiteres Stück vom Lebkuchen ab und schob es sich in den Mund. »Ich bin nicht so richtig mit ihr warm geworden.«

»Warum nicht?«

Paula zuckte mit den Schultern. »Weiß nicht. Es gibt halt Leute, mit denen man gut kann, und andere, wo es irgendwie nicht passt.«

»Sie war kein offener Typ«, versuchte sich Amelia an einer Erklärung, während sie weiter an ihrem Lebkuchen knabberte. »Viel Fassade, aber man ist nicht dahintergekommen, wer sie wirklich ist. Als hätte sie irgendein Geheimnis.«

»Die Liaison mit dem Pastor zum Beispiel?«, fragte Grethe.

Die beiden Mädchen starrten sie an.

»Brendel hatte was mit der Frenz?«, fragte Paula ungläubig und spuckte dabei versehentlich ein paar Krümel aus.

»Das dürfte einigen hier nicht gefallen haben«, bemerkte Amelia und sah bedeutungsvoll zu Michelle Lüdke.

Die Journalistin, die ihren Lebkuchen zur Hälfte gegessen hatte und gerade die andere Hälfte in einer Serviette verpackte, ging darüber hinweg. »War Sonja in letzter Zeit irgendwie anders als sonst?«, fragte sie. »Gab es Streit?«

Amelia kniff die Augen zusammen. »Sie klingen wie die Kommissarin in einem Fernsehkrimi.« Marijke sah, wie es in ihrem Kopf arbeitete. »Sie denken doch nicht ... Das mit dem Stern, das war doch ein Unfall?«

»Nein.« Marijke berichtete den Mädchen, was sie herausgefunden hatten. Die Augen der beiden wurden immer größer.

»Jemand hat sie ermordet?«, fragte Amelia fassungslos, als Marijke geendet hatte.

»Wir waren das nicht«, sagte Paula sofort.

Grethe und Witta blickten bedeutungsvoll zur Küchentür, durch die Jamie und Lennox verschwunden waren.

»Quatsch«, widersprach Amelia. »Die machen vielleicht einen auf dicke Hose, aber die bringen doch niemanden um.«

Marijke überlegte, dass sie vermutlich recht hatte. Das Vorgehen passte nicht zu den jungen Leuten. Wenn es Konflikte gegeben hätte, hätten sie Sonja Frenz vielleicht im Affekt attackiert oder sie auf dem Heimweg von der Kirche überfallen. Die Sache mit dem manipulierten Stern dagegen war ein heimtückischer und kaltblütiger Mordanschlag. Das war nicht aus der Situation heraus geschehen, sondern von langer Hand geplant worden. Der Täter hatte den Stern heimlich mit Sand gefüllt, die Bremse an der Kurbel zerstört und das Stahlseil mit einem beweglichen Gegenstand verkeilt, so dass er den angeblichen Unfall rasch hatte herbeiführen können. Das war die Tat eines Erwachsenen. Eines erwachsenen Mannes vermutlich. Frauen bevorzugten andere Mordmethoden.

Das würde allerdings bedeuten, dass es der Pastor, der Diakon oder der Organist gewesen sein müsste, und das konnte sich Marijke ebenso wenig vorstellen. Aber wie man es auch wendete: Sonja Frenz war tot. Und eine der Personen, die sich beim Absturz des Sterns im Gemeindesaal aufgehalten hatten, war dafür verantwortlich.

Wenn das Ganze darüber hinaus mit den Diebstählen zusammenhing, müsste einer der Männer auch dafür verantwortlich sein, was jedoch überhaupt keinen Sinn ergab.

Also doch eine der Frauen? Marijke schwirrte der Kopf von all den unbeantworteten Fragen.

Michelle Lüdke steckte ihr Notizbuch wieder ein. Grethe hüpfte geschmeidig von der Arbeitsplatte, was ihr bewundernde Blicke von den beiden Mädchen eintrug. »Wir schauen mal nach dem Pastor«, sagte sie.

»Ich glaube, er ist im Werkraum«, erklärte Amelia. »Da geht er immer hin, wenn er telefonieren will.«

»Schön.« Michelle Lüdke steckte ihr Notizbuch in die Tasche. »Dann schauen wir dort als Erstes nach.«

Sie verließ die Küche, und Marijke und ihre Freundinnen beeilten sich, ihr zu folgen.

...

Der Werkraum befand sich auf der Rückseite des Gemeindesaals, direkt neben der Garderobe. Grethe hatte am vergangenen Sonntag einige Zeit dort zugebracht, um das Holz für die Tierfiguren auszusägen und zurechtzuschneiden. Es war staubig und düster dort, aber ihr hatte es gefallen. An einer Wand gab es Haken, an denen ordentlich aufgereiht die Werkzeuge hingen, darunter eine Werkbank mit Schraubzwinge. Auf der anderen Seite lagerten Bretter und Metallteile, Schrauben und Nägel. Mehrere Werkzeugkoffer enthielten Zangen und Schraubenzieher. Bohrmaschine, Nagelpistole und Schleifmaus waren ebenfalls vorhanden. Das Ganze erinnerte Grethe an die Werkstatt ihres verstorbenen Mannes, die sich im Schuppen hinter ihrem kleinen Haus in Keitum befand, inklusive des winzigen, hoch oben in die Wand eingelassenen Fensters, durch das nur spärliches Licht hereinfiel.

Der Pastor war tatsächlich dort. Er hockte auf der Werkbank, die Füße auf den Schemel gestützt, das Smartphone am Ohr. Er sah erschöpft aus, die Miene ernst, mit Sorgenfalten, die sich neben Mund und Augen in das jugendliche Gesicht eingegraben hatten.

Als Grethe und ihre Freundinnen den Raum betraten, unterbrach er das Gespräch. »Entschuldigen Sie bitte«, sagte er ins Telefon. »Ich rufe Sie gleich zurück.« Er drückte den Gesprächspartner weg und blickte die Frauen an. »Kann ich etwas für Sie tun?«

»Wir haben eine Frage«, sagte Grethe forsch. »Wegen der Diebstähle. Hat der Dieb die Sachen in Ihren Briefkasten geworfen?«

Brendel rieb sich die Augen. »Nein«, sagte er müde. »Leider nicht.«

Michelle Lüdke drängte sich vor. »Wir dachten, es könnte vielleicht ein Zusammenhang bestehen«, sagte sie. »Mit dem Mord an Sonja Frenz.«

Die Häkelfreundinnen tauschten stumme Blicke. Dass die Journalistin mitmischte, war nicht unbedingt hilfreich.

Brendel sah sie verwirrt an. »Mord? Wie kommen Sie darauf, dass es Mord war?«

»Die Damen hier«, Michelle deutete auf Grethe und

ihre Freundinnen, »haben festgestellt, dass der Befestigungsmechanismus für den Stern manipuliert war. Und dass ihn jemand mit Sand gefüllt hat. Den Stern, meine ich.«

Der Pastor blinzelte. »Das heißt dann ja ...«

»Dass der Mörder eine Person ist, die sich zurzeit im Gemeindehaus befindet«, sagte die Journalistin. »Dieselbe vielleicht, die auch die Diebstähle begangen hat.« Sie zog ihr Notizbuch hervor. »Können Sie sich vorstellen, dass Frau Frenz herausgefunden hat, wer der Dieb war?«

Pastor Brendel hatte sichtliche Mühe, die Informationen zu verarbeiten. »Nein«, sagte er langsam. »Wenn sie es gewusst hätte, hätte sie es mir gesagt.«

»Stimmt. Sie waren ja sehr vertraut, nicht wahr?«

Brendel verengte die Augen. »Ich wüsste nicht, was Sie das angeht.«

»Sie hatten eine Affäre mit Sonja Frenz, das brauchen Sie gar nicht zu leugnen«, schleuderte Michelle ihm entgegen.

Der Pastor verzog schmerzlich den Mund. Seine Augen schimmerten feucht. »Ihr Chef sollte Ihnen wirklich verantwortungsvollere Aufgaben übertragen«, sagte er zynisch. »Der investigative Journalismus scheint Ihnen zu liegen.«

Witta hob den Zeigefinger. »Wir haben das herausgefunden, nicht sie.«

»Du nicht«, korrigierte Grethe.

»Das ist doch jetzt egal«, ging Marijke dazwischen.

»Ja, ja.« Grethe tat so, als wäre ihr der Schlichtungsversuch lästig, aber in Wirklichkeit war sie froh darüber, dass Marijke und Alma stets dafür sorgten, dass Witta und sie nicht das Maß verloren. Ohne die beiden wären sie vermutlich schon lange keine Freundinnen mehr.

Brendel nahm die Füße vom Schemel und stand auf. »Es war keine Affäre«, sagte er rau. »Wir haben uns geliebt.«

»Warum wusste dann niemand etwas davon?«, fragte Alma.

Der Pastor sah sie traurig an. »Wir wollten nicht, dass es Gerede gibt.« Er schwankte ein wenig.

Alma griff nach seinem Arm. »Kommen Sie. Ich mache Ihnen einen Kaffee. Mit reichlich Zucker und einem ordentlichen Schuss Weinbrand. Damit Sie uns nicht umkippen.«

Brendel hielt das Smartphone hoch. »Ich muss noch mit dem Superintendenten sprechen. So ein Todesfall ... Mord ...«, Brendels Gesicht wurde noch bleicher, »muss ja kommuniziert werden.« Er atmete schwer. »Und Sie sind sich wirklich sicher?«

»Leider ja.« Grethe hielt nichts davon, lange um den heißen Brei herumzureden.

Marijke nahm ein Päckchen Taschentücher aus der Handtasche und bot es Brendel an. Der Pastor schnäuzte sich.

»Können Sie sich vorstellen, wer das getan haben

könnte?«, fragte Marijke. »Ist Ihnen an Ihrer Freundin in den letzten Wochen etwas aufgefallen? War sie anders als sonst?«

»Nein.«

»Hatte sie Feinde? Gab es mit jemandem Streit?«

Der Pastor blinzelte. »Mein Gott, das klingt …« Er fuhr sich mit der flachen Hand übers Gesicht. »Wir sind doch hier nicht in der Großstadt. Das ist Archsum. Ein beschauliches Fleckchen Erde.«

»Vielleicht hat Frau Frenz die Probleme mitgebracht. Kam sie von hier?«

»Nein.« Brendel zerknüllte das Taschentuch. »Sie ist erst vor einem halben Jahr auf die Insel gekommen. Nach der Trennung von ihrem Mann.«

Die Freundinnen merkten auf. »Könnte er etwas damit zu tun haben?«

»Wohl kaum.« Der Pastor lachte bitter. »Er hat sie sitzen lassen. Sonja wollte Kinder, er seine Freiheit. Sie war achtunddreißig und wusste, dass sie nicht mehr ewig warten kann. Er hat sich immer noch wie ein Zwanzigjähriger benommen. Ist herumgetingelt und hat sich sein Geld im Sommer als Surflehrer und im Winter als Skilehrer verdient.«

»Da hatte er sicher genug Auswahl an hübschen jungen Frauen und keinen Grund, seiner Verflossenen nachzusteigen«, befand Grethe. Wenn es überhaupt eine Spur war, führte sie nirgendwo hin. Außerdem wussten sie ja, dass der Täter unter den Personen sein musste, die sich zurzeit im Gemeindehaus aufhielten. Es war wohl kaum anzunehmen, dass Sonjas Ex-Mann eine dieser Personen als Auftragskiller angeheuert hatte. Das Motiv musste woanders liegen. Und weitaus näher.

»Hat der Mann als Surflehrer auf Sylt gearbeitet?«, erkundigte sich Witta.

Brendel schüttelte den Kopf. »An der französischen Atlantikküste. Sonja hat Sylt schon immer geliebt. Er fand es hier zu spießig.«

»Das kann nur jemand sagen, der keine Ahnung hat«, verkündete Witta pikiert.

»Sonja wollte sich hier etwas aufbauen«, berichtete Brendel. »Sie hat vorher in Dortmund gelebt. Dort hat sie auch für verschiedene kirchliche und soziale Organisationen Jugendarbeit gemacht. Sie hatte Sozialpädagogik studiert.« Er schluckte. »Ich war so froh, dass ich hier ein Team vorgefunden habe, auf das ich mich verlassen konnte. Menschen, die mich mit offenen Armen aufgenommen haben.« Seine Augenwinkel füllten sich mit Tränen.

Alma tätschelte ihm den Arm. »Rufen Sie Ihren Vorgesetzten an. Ich bringe Ihnen den Kaffee.«

»Danke.« Brendel sank auf den Hocker und wischte sich die Tränen ab. Auf dem Taschentuch blieben rote Streifen und goldene Pünktchen vom Lidschatten zurück.

»Gehen wir.« Grethe sah Michelle Lüdke auffordernd an.

»Ja, gleich. Eine Frage noch.« Die Journalistin baute sich vor Brendel auf. »Sie hatten einen Verdacht, wer der Dieb war, richtig? Sie haben Diakon Dreyer gebeten, den Klingelbeutel sicherzustellen, falls der Dieb die Sachen nicht zurückgibt. Damit man ihn anhand der Fingerabdrücke identifizieren kann.«

»Das haben Sie auch mitbekommen?« Brendel schüttelte den Kopf.

»Sie müssen uns sagen, an wen Sie gedacht haben«, drängte Michelle. »Diese Person könnte auch Ihre Freundin auf dem Gewissen haben.«

»Nein. Das hätten die Jungs niemals ...« Der Pastor brach ab.

»Die Zwillinge also«, triumphierte Michelle. »Wusste ich es doch!«

»Bitte! Wir haben nicht den geringsten Beweis.«

»Wir fühlen ihnen auf den Zahn. Dann werden wir es ja erfahren«, verkündete Michelle.

Grethe und Marijke wechselten einen raschen Blick. Irgendwie mussten sie die Journalistin unter Kontrolle bekommen. Sonst würde sie mit ihrer Dampfwalzentaktik noch alles vermasseln!

■ ■ ■

»Wo sind die Zwillinge hingegangen?«, fragte Michelle Lüdke, als sie den Werkraum verließen. Marijke und ihre Freundinnen sahen sich suchend im Gemeindesaal um.

»Zurück in die Küche?«, schlug Grethe vor.

»Sehen wir nach.« Die Journalistin marschierte los. Alma und Witta liefen hinter ihr her. Marijke und Grethe blieben vor der Tür des Werkraums stehen.

»Die hat noch weniger Fingerspitzengefühl als ich«, bemerkte Grethe verärgert.

Marijke stimmte ihr zu. Mit direkten Fragen würden sie nicht weiterkommen. Wenn sie etwas in Erfahrung bringen wollten, mussten sie subtil vorgehen.

»Was ist eigentlich mit Sonjas Sachen?«, überlegte Grethe. »Wo sind die? Ihre Handtasche? Und ihr Handy?«

Marijke sah zur Tür auf der anderen Seite des riesigen Tannenbaums. »In der Garderobe?«

»Gute Idee.« Grethe setzte sich ebenso zielstrebig in Bewegung wie Michelle Lüdke.

Marijke wollte ihr folgen, verspürte jedoch plötzlich ein flaues Gefühl im Magen. Der Weinbrand am frühen Nachmittag war vielleicht doch keine so gute Idee gewesen. Ihr Blick war verschwommen, und sie hatte das Gefühl zu schwanken. Oder war es der Tannenbaum, der schwankte? Sie kniff die Augen zusammen und fixierte eine einzelne rote Kugel.

Zunächst dachte sie, es müsse sich um eine Sinnestäuschung handeln, doch in der nächsten Sekunde gab es keinen Zweifel mehr: Die Kugel bewegte sich aus ihrem Blickfeld, erst in Zeitlupe, dann zunehmend rascher. Marijke hob den Kopf und sah, wie sich die Spitze des gewaltigen Baums neigte.

»Grethe!«, rief sie. »Pass auf.«

Plötzlich ging alles rasend schnell. Der Tannenbaum kippte zur Seite. Ein unheilvolles Rauschen wie von einem schweren Wintersturm ging durch den Raum. Silbernes Lametta und Engelshaar flatterten und erschlafften, als der schwere Baum mit einem dumpfen Knall auf den Boden krachte. Elektrische Kerzen und Kugeln zerplatzten. Grüne Tannennadeln und winzige bunte Plastikteilchen wurden zu allen Seiten davongesprengt und regneten auf Marijke nieder.

Marijke wich erschrocken zurück und hielt sich schützend die Hände vors Gesicht. Ihr Herz hämmerte wie verrückt. Sie bekam fast keine Luft mehr. Als endlich nichts mehr auf sie einprasselte, nahm sie die Hände herunter.

Wo war Grethe? Hatte der mächtige Baum sie unter sich begraben? Mit weichen Knien ging Marijke um die gestürzte Tanne herum.

Grethe lag reglos auf der anderen Seite. Ihr Körper war von grünen Ästen bedeckt.

Marijke eilte zu ihr und legte ihr die Finger an die Halsschlagader. Da war ein feines Pochen zu spüren. Oder war es nur Marijkes eigener Puls?

Auf allen Seiten des Gemeindesaals wurden Türen aufgerissen. Pastor Brendel stürzte aus dem Werkraum, Diakon Dreyer und Organist Strauß kamen aus der Garderobe. Von der Küche her eilten Alma, Witta, Michelle und die beiden Mädchen herbei, vom Kostümraum aus die anderen drei Frauen.

»Um Gottes willen!«, rief Kerstin Kuntz, ohne dass ein Tadel darauf folgte. Diakon Dreyer hatte Wichtigeres zu tun. Der gelernte Pfleger und Rettungssanitäter kniete sich neben Grethe und prüfte Puls und Atmung. Marijke machte ihm Platz und erhob sich schwerfällig. Alma und Witta stützten sie.

»Alles in Ordnung«, verkündete Dreyer gleich darauf. »Sie ist nur ohnmächtig.« Er klopfte ihr sacht auf die Wange, und tatsächlich schlug Grethe im nächsten Moment die Augen auf.

»Was war das?«, krächzte sie. »Ich glaube, mich hat ein Elch gestreift.«

»Ein Tannenbaum«, erklärte Witta mit zittriger Stimme.

Dreyer half Grethe, unter den Zweigen hervorzukriechen, und zog sie auf die Füße. Grethe schaute auf den umgestürzten Baum, dann auf die Wand dahinter.

»Wie konnte der umkippen?«, fragte sie. »Der war doch gesichert.«

»Stimmt.« Pastor Brendel ging zur Wand. »Die Haken sind intakt.« Er nahm etwas von einem der Haken und betrachtete es. »Das darf doch nicht wahr sein.«

Marijke und ihre Freundinnen traten näher. Jetzt konnte Marijke erkennen, was er in der Hand hielt. Ein dünnes Nylonseil, eine Angelschnur vermutlich, mit einer Schlaufe an dem Ende, das am Haken befestigt gewesen war. Die andere Hälfte der Schnur musste sich irgendwo im Tannengrün befinden.

»Materialermüdung?«, fragte Grethe.

Brendel schüttelte den Kopf. »Sabotage.«

Dreyer kam dazu und nahm ihm das Stück Nylon aus der Hand. Gleich darauf nickte er. »Das ist nicht gerissen. Das hat jemand sauber durchtrennt.« Er hockte sich neben den schweren Baumständer, der zusammen mit der Tanne umgestürzt war. »Und nicht nur das. Die Nylonschnur war lediglich eine zusätzliche Sicherung. Ohne äußere Einwirkung kippt so ein Baum nicht einfach so um.«

»Sie meinen, da hat jemand nachgeholfen?«

Dreyer nickte und sah sich um. »Wo sind die Zwillinge?«

Alle zuckten mit den Schultern.

Grethe nahm ihren Flachmann aus der Pullovertasche. »Auf den Schreck brauche ich einen Schluck«, murmelte sie, schraubte den Flachmann auf und setzte ihn an die Lippen. Marijke hörte ein leises Gluckern. Offenbar befand sich nur noch ein kleiner Rest darin.

»Leer«, sagte Grethe mit Bedauern in der Stimme, schraubte die Flasche wieder zu und verstaute sie in der Tasche. Dann ließ sie den Blick durch den Saal schweifen.

Marijke dachte nach. Außer den vier Räumen, aus denen

die Personen gekommen waren, die jetzt um den Baum herumstanden, gab es nur noch die Waschräume.

Brendel und Dreyer waren offenbar zu demselben Ergebnis gekommen und strebten gemeinsam auf die Jungentoilette zu. Der Rest der Gruppe folgte ihnen. Vor der Tür blieben die Frauen stehen.

Marijke betrat sonst nie die falsche Toilette. Nicht einmal, wenn im Theater die Schlange vor der Damentoilette so lang war, dass sie fürchtete, nicht rechtzeitig zum Beginn der zweiten Hälfte wieder im Saal zu sein. Ihre Enkelin und die beiden Urenkelinnen, die diesbezüglich keine Hemmungen hatten, verstanden das nicht. Aber sie war eben so erzogen worden.

Jetzt allerdings zögerte sie keine Sekunde. Die Angst, die sie um Grethe ausgestanden hatte, hatte sich in Wut verwandelt. In einen heiligen Zorn, wie ihn Marijke nur selten im Leben verspürt hatte. Jemand hatte versucht, eine ihrer liebsten Freundinnen zu töten!

Grethe, die sich anscheinend rasch von ihrem Schreck und dem Sturz erholt hatte, ging ebenfalls mit hinein, dicht gefolgt von Alma und Michelle.

Jamie und Lennox befanden sich im Raum mit den Pissoirs und versuchten, das Fenster nach draußen zu öffnen.

Als die kleine Gruppe hereinkam, gaben sie ihre Bemühungen auf und lümmelten sich auf die Fensterbank.

»Das Fenster ist verzogen«, teilte ihnen der Pastor mit. »Es lässt sich schon seit einigen Wochen nicht mehr öffnen. Die Reparatur ist bewilligt, aber die Handwerker kommen erst im neuen Jahr.«

Die beiden Jungs hoben die Schultern. »Na und? Wen interessiert das?«

Witta, die sich ebenfalls dazu durchgerungen hatte, die falsche Toilette zu betreten, sah zu den Urinalen und schnupperte. »Igitt«, sagte sie. »Da müsste wirklich mal gelüftet werden.«

»Die olle Schachtel schon wieder«, murrte Lennox.

»Vorsicht!« Diakon Dreyer hob den Zeigefinger.

»Was? Wollen Sie uns sonst die Polizei auf den Hals hetzen?«, grinste Lennox' Bruder Jamie frech.

»Grund genug dafür gäbe es«, erwiderte der Diakon hitzig. »Wie kommt ihr dazu, den Christbaum umzuwerfen?«

»Wer sagt denn, dass wir das waren?«, fragte Jamie lässig.

»Wer sollte es sonst gewesen sein?«, schoss der Diakon zurück. »Niemand anders hätte die Gelegenheit dazu gehabt. Und ihr wolltet offensichtlich türmen.«

»Nee, wir sitzen hier nur so.« Lennox zwinkerte Witta zu. »Wir wollten bloß lüften.«

Der Zeigefinger des Diakons richtete sich auf den Jungen. »Du sollst nicht lügen!«, schnarrte er. »Was würden wohl eure Eltern dazu sagen, wenn ich ihnen davon berichte?«

Marijke hätte nicht erwartet, dass die Drohung etwas bewirkte, doch zu ihrem Erstaunen wurden die Jungen plötzlich ganz kleinlaut.

Lennox versenkte die Hände tief in der Bauchtasche seines Hoodies. »Das war nur, weil die da«, er funkelte Grethe an, »mir fast das Ohr abgerissen hat.«

Dreyer drehte sich überrascht zu den Freundinnen um.

»Sie hat ihn am Ohrläppchen gezwirbelt, weil er Witta beleidigt hat«, erklärte Marijke.

»Er sollte sich entschuldigen, mehr nicht«, fügte Grethe hinzu.

»Aber das hat wehgetan!«, heulte Lennox. »Wir wollten ihr bloß eine Lektion erteilen.«

»Indem ihr sie mit einer riesigen Tanne attackiert?«

Die beiden Jungen wanden sich unbehaglich.

»Ist ja nichts passiert, oder?« Jamie musterte Grethe unsicher.

»Sie hat einen Schock bekommen und ihre Freundin auch. So etwas kann einen tödlichen Kreislaufkollaps auslösen«, sagte der Diakon.

Jamie und Lennox sahen betreten zu Boden.

»Daran haben wir nicht gedacht«, murmelte Jamie. »Wir wollten sie wirklich nur erschrecken. Wir haben aufgepasst, dass der Baum sie nicht richtig trifft, sondern nur streift.«

Pastor Brendel schüttelte den Kopf. »Was machen wir jetzt mit den beiden?«, seufzte er.

»Eine Entschuldigung wäre vielleicht ein Anfang«, schlug Dreyer vor.

»Tut mir leid«, sagte Jamie sofort.

»Mir auch.« Lennox kaute an den Worten herum.

»Wie wär's mit der Wahrheit?«, fragte Grethe. »Wolltet ihr Sonja Frenz auch nur erschrecken? Wenn sie auf ihrer Position geblieben wäre, wäre ihr der Stern vor die Füße gefallen statt auf den Kopf. War das der Plan?«

»Und was ist mit den Diebstählen?«, mischte sich Michelle ein.

»Mit dem Stern haben wir nichts zu tun«, protestierte Lennox.

»Und wir klauen nicht«, setzte sein Bruder hinzu.

Diakon Dreyer sah aus, als hätte er auf eine saure Zitrone gebissen. »Die Polizei wird das alles klären«, verkündete er.

»Hattet ihr Streit mit Sonja?«, fragte der Pastor ernst.

»Nein. Ehrlich nicht.« Jamie hob die Finger zum Schwur.

»Wer schwört, lügt«, wisperte Alma.

Marijke wandte ihr den Kopf zu. »Woher hast du das?«

»Aus einer Zeitschrift beim Friseur. Da gab es einen Artikel über Mikroexpressionen. Das sind diese kleinen, unwillkürlichen mimischen Reaktionen, die man nicht bewusst steuern kann.«

»Ja, ich weiß.« Marijke hatte ebenfalls davon gelesen.

Alma nickte. »In dem Artikel stand auch, dass Lügner häufig sagen ›Ich schwöre‹.«

»Hm.« Das war vielleicht ein Indiz, aber kein Beweis.

»Nun gut.« Pastor Brendel wischte mit dem Hemdsärmel die beschlagene Scheibe frei. »Ich glaube, der Sturm lässt nach. Warten wir also auf die Polizei und versuchen bis dahin, Ruhe zu bewahren.«

»Ich habe Kaffee gekocht«, vermeldete Alma.

»Den können wir jetzt alle gebrauchen.« Brendel wedelte mit den Händen, als wollte er eine Herde Schafe vor sich hertreiben. Ein passendes Bild, dachte Marijke, für den Hirten Gottes. Beinahe hätte sie gelacht, doch angesichts der Tragik der Situation verkniff sie es sich.

Sie verließen die Toilette und gingen gemeinsam durch den Gemeindesaal. Grethe schien ein wenig zu humpeln, jedenfalls fiel sie hinter den anderen zurück. Marijke passte sich ihrem Tempo an und blieb stehen, als Grethe plötzlich innehielt. Die Klempnerwitwe stellte den rechten Fuß auf einen Stuhl und nestelte an ihrem Schnürsenkel herum.

Marijke musterte sie besorgt. »Ist wirklich alles in Ordnung mit dir?«

»Klar.« Grethe grinste sie an. »Aber wir hatten doch einen Plan.« Sie neigte den Kopf in Richtung der Garderobe. »Sonjas Sachen.«

Richtig! Das war Marijke vor lauter Schreck glatt entfallen.

Grethe schnürte ihre Turnschuhe sorgfältig neu, und Marijke beobachtete, wie die anderen in der Küche verschwanden. Als die Tür hinter ihnen ins Schloss fiel, nahm Grethe den Fuß vom Stuhl und nickte Marijke zu. Rasch eilten sie zur Garderobe.

6

In Grethes Ohren rauschte immer noch das Blut. Sie würde es den Freundinnen gegenüber niemals zugeben, aber als der Tannenbaum umgestürzt war, wäre ihr fast das Herz stehen geblieben. Sie hatte schon vor ihrem geistigen Auge gesehen, wie der riesige Christbaum ihr den Schädel zertrümmerte und sie in einem See aus Blut und Tannengrün ihren letzten Atem aushauchte.

Zum Glück waren ihre Reflexe immer noch gut, und sie hatte in letzter Sekunde zur Seite springen können. Die Jungs hatten zwar behauptet, sie hätten sie nicht treffen wollen, doch aus ihrer Perspektive hatte das anders ausgesehen.

Diese verdammten Lausebengel! Brachten die Eltern ihren Kindern heutzutage überhaupt keinen Respekt mehr bei? Es war ja schön, dass die Jugendlichen nicht mehr schuften mussten, wie es in Grethes Mädchenjahren der Fall gewesen war. Sie selbst hatte von klein auf in Haus und Garten mithelfen müssen und sich immer gewünscht, mehr Freizeit zu haben, um mit ihren Freundinnen an den Strand zu gehen. Aber konnte es wirklich charakterbildend sein, den lieben langen Tag nur herumzuhängen, auf das Smartphone zu starren und dutzendfach Herzchen oder Sternchen zu vergeben?

Grethe schob die Gedanken beiseite. Sie hatte die Attacke überlebt. Sonja Frenz dagegen war tot.

Sie drückte die Klinke runter und öffnete die Garderobentür. Marijke schlüpfte hinter ihr in den Raum und schloss die Tür wieder.

Grethe scannte rasch die Mäntel und Taschen, die an den Haken hingen. »Was davon gehört Sonja?«

Marijke ging die Reihe entlang. »Das hier, glaube ich.« Sie deutete auf einen dicken dunkelblauen Wollmantel und einen Umhängebeutel aus schwarzem Leder.

»Fein.« Grethe zog Wittas ölbefleckte weiße Seidenhandschuhe hervor, streifte sie über die Finger und durchsuchte rasch die Taschen des Mantels. Sie fand einen Geldbeutel mit Klemmverschluss, in dem sich ein paar gefaltete Fünf-Euro-Scheine befanden, ein Päckchen Taschentücher, einen Fettstift für die Lippen und ein paar lose Tampons. »Da ist nix.« Sie nahm den schwarzen Lederbeutel vom Haken und leerte den Inhalt auf die Bank unter der Garderobe. Ein Handy fiel heraus, dazu ein Schminktäschchen, ein Notizbuch, einige Stifte und ein paar lose Blätter. Marijke bückte sich und sammelte Stifte und Zettel wieder auf.

»Das gibt's doch nicht.« Sie starrte auf das Blatt in ihrer Hand.

»Was denn?«

Marijke hielt ihr den Zettel hin.

»Ein Häkelmuster«, erkannte Grethe. »Und?«

Marijke präsentierte ihr das nächste Blatt.

Es war ein Backrezept. »Vanillekipferl«, stand in einer hübsch geschwungenen Schrift über der Zutatenliste.

»Moment mal.« Grethe betrachtete noch einmal das Muster. »Sonja Frenz hat das Rezept und das Häkelmuster gestohlen? Wozu denn das um alles in der Welt?«

Marijke strich die Zettel glatt. »Vielleicht hatte sie Angst. Dass sich Kerstin Kuntz oder Britta Nanninga mit Keks oder Häkelschal einen Weg an ihr vorbei in Pastor Brendels Herz bahnen.«

Grethe kräuselte die Stirn. »Kann man so bekloppt sein, dass man so was glaubt?«

»So unsicher«, sagte Marijke.

»Hm.« Sonja Frenz hatte auf Grethe nicht den Eindruck gemacht, als würde sie unter mangelndem Selbstvertrauen leiden. Aber wer konnte schon in einen Menschen hineinschauen?

»Ist das nun ein Mordmotiv?«, überlegte Marijke. »Angenommen, Kerstin oder Britta hätten herausgefunden, dass Sonja sie ausbooten wollte?«

»Das wäre ja noch bekloppter.«

»Stimmt.« Marijke dachte nach. »Glaubst du, Sonja hat auch die Kollekte gestohlen?«

»Nee.« Grethe lachte. »Die paar Groschen? So schlecht kann sie gar nicht verdient haben.«

»Cent«, korrigierte Marijke abwesend. »Vielleicht war sie ja eine Kleptomanin?«

Das wäre eine gute Erklärung, würde allerdings auch bedeuten, dass die Diebstähle und der Mord doch nichts miteinander zu tun hatten. Wie wahrscheinlich war das?

»Warum hat sie die Blätter nicht längst aus der Tasche herausgenommen?«, überlegte Marijke. »Man trägt doch Diebesgut nicht dorthin zurück, wo man es gestohlen hat.«

»Vielleicht hatte sie es einfach vergessen. Oder sie wollte die Sachen in Brendels Briefkasten stecken, hatte aber keine Gelegenheit, es unbeobachtet zu tun«, sagte Grethe.

»Möglich.« Marijke faltete die Blätter wieder zusammen und legte sie auf die Bank.

»Das ist jetzt blöd«, stellte Grethe fest.

»Was?«

»Du hast sie angefasst. Ohne Handschuhe. Die Polizei könnte deine Fingerabdrücke darauf finden.«

Marijke winkte ab. »Warum sollten sie nach Abdrücken suchen, wenn sie das Rezept und das Häkelmuster unter Sonjas Sachen entdecken?«

»Sie könnten denken, dass es ihr jemand untergeschoben hat. Ihr Mörder.«

Marijke machte ein nachdenkliches Gesicht. »Vielleicht war es ja so? Wir sind bestimmt nicht die Einzigen, die wissen, dass diese Tasche Sonja Frenz gehört.«

Grethe schnippte mit den Fingern. Das war ein guter Gedanke! Sie waren alle vier nicht auf den Kopf gefallen, aber Marijke war ohne Frage die Klügste von ihnen. Sie hätte studieren können, hatte dann jedoch früh geheiratet und ihren Sohn bekommen. Ihr Mann Rickmer war als Kapitän oft monatelang auf hoher See unterwegs gewesen. Marijke hatte sich allein um die Kindererziehung und den Haushalt kümmern müssen. Später, als ihr Sohn Raik zum Studieren nach Hamburg gegangen war, hatte sie das Leben auf Sylt einem späten Studium vorgezogen und eine Stelle beim Postamt in der Kjeirstraße angenommen.

»Aber wer?«

Marijke zuckte mit den Schultern. »Vielleicht gibt das Handy ja was her?«

Grethe nahm das Smartphone und drückte auf den Einschaltknopf. Das Display leuchtete auf.

»Fingerabdruck nicht erkannt. Bitte Muster zeichnen«, stand dort, gefolgt von neun im Quadrat angeordneten Punkten.

Grethe besaß selbst kein Smartphone, wusste aber, wie man mit den Dingern umging. Sie hielt das Gerät schräg gegen das Licht. Eine feine Fettspur wurde sichtbar. Grethe fuhr sie mit dem Finger nach. Die Displaysperre verschwand. Stattdessen erschien eine Landschaftsaufnahme, vor der sich eine ganze Batterie von App-Icons tummelte.

Marijke war neben sie getreten und deutete auf ein grünes Symbol. »Das ist so ein Social-Media-Ding.«

Grethe tippte darauf. Eine Liste mit Sonjas Kontakten öffnete sich. Ganz oben stand der Name des Pastors.

Grethe wischte sich durch die Nachrichten, die sich Raphael Brendel und die Jugendgruppenleiterin im Verlauf der letzten sechs Wochen geschickt hatten. Liebesbekundungen, lustige Fotos und Verabredungen zu Treffen am Strand von Westerland, in der Vogelkoje, in der Braderuper Heide oder an der Hörnum-Odde – den Orten, an denen man die schönsten Spaziergänge auf Sylt unternehmen konnte.

»Die waren ein Herz und eine Seele«, stellte Marijke fest, die ihre Brille aufgesetzt hatte und mitlas. »Kein Mordmotiv für den Herrn Pastor in Sicht.«

»Vielleicht bei André Strauß.« Grethe scrollte durch die Liste. Die Namen sagten ihr nichts. Einige Personen, die ebenfalls »Frenz« hießen, tauchten auf, Geschwister vermutlich, vielleicht auch die Eltern. Grethe war froh, dass sie ihnen nicht die Nachricht überbringen musste, dass ihre Tochter tot war.

Der Organist war der Letzte auf der Liste. Hinter seinem Nachnamen befand sich ein durchgestrichener roter Kreis. Grethe öffnete den Chatverlauf.

»Oje.« Marijke stöhnte.

André Strauß hatte Sonja Frenz schwülstige Liebesschwüre geschickt. Außerdem gab es eine Reihe von längeren Tonaufzeichnungen. Grethe spielte eine davon ab. Sie hatte mit einer Sprachnachricht gerechnet, doch tatsächlich handelte es sich um Klaviermusik.

»Er hat für sie komponiert«, seufzte Marijke.

»Meinst du?«

»Ich habe das Stück jedenfalls noch nie gehört.«

Grethe nickte. Marijke fuhr seit vielen Jahren regelmäßig nach Hamburg, um sich klassische Konzerte anzuhören, und sie hatte eine umfangreiche Plattensammlung. Wenn sie das Stück nicht kannte, war es sehr wahrscheinlich eine Eigenkomposition.

Grethe spielte einige weitere Tondateien ab – allesamt wehmütige Klavierstücke – und scrollte dann durch die Nachrichten. Etwas weiter oben fand sie die Bestätigung. Im Text stand, dass André die Stücke für Sonja komponiert hatte.

Sonjas und Andrés Nachrichten veränderten sich im Laufe des Chats, der sich über einen Zeitraum von knapp vier Monaten erstreckte. Am Anfang waren sie freundlich und freundschaftlich. André schickte ihr Fotos und Musik, Sonja bedankte sich höflich. Dann begann André, sich zu öffnen und Sonja immer mutiger seine Liebe zu gestehen. Sonja dagegen zog sich im selben Maße zurück. In einer ihrer letzten Nachrichten hatte sie geschrieben, dass sie seine Liebe nicht erwidere und er sie in Ruhe lassen solle. Kurz darauf hatte sie den Kontakt blockiert. Das war vor drei Tagen gewesen.

»Wer weiß, was da noch vorgefallen ist«, überlegte Grethe. »Wir hätten Witta nicht allein mit ihm reden lassen sollen. Sie hat ihm den liebenden Märtyrer abgekauft, und jetzt ist er vorgewarnt.«

»Ich glaube nicht, dass eine von uns mehr in Erfahrung gebracht hätte«, erwiderte Marijke.

Grethe knurrte nur und wischte noch einmal durch die Liste. »Komisch, dass sie nicht mit der Jugendgruppe in Kontakt steht. Und Diakon Dreyer fehlt auch.«

»Vielleicht in einer anderen App«, schlug Marijke vor. »Das hängt ja sehr von der Altersgruppe ab, was man benutzt.«

»Aha.« Grethe probierte verschiedene Symbole durch, die Marijke ihr anwies, und fand schließlich eine App, die vor allem dem Austausch von Fotos zu dienen schien. »Was sollen diese ganzen Essensbilder?«, wunderte sie sich. »Und wer will wissen, dass Isabella sich einen BH gekauft hat und welche Nachtcreme Carina benutzt?«

»Das gehört heutzutage dazu«, erklärte Marijke. »Meine Urenkelinnen müssen auch immer erst ein Foto machen und online stellen, bevor sie essen, was ich ihnen vorsetze.«

»Dann wird es doch kalt.«

»Das ist nicht so wichtig. Wichtig ist die Anerkennung. Wenn alle ihre Freundinnen ein Herzchen schicken, sind sie glücklich.«

»Verrückt«, sagte Grethe, die selbst keine Kinder hatte. Marijke zuckte mit den Schultern.

Grethe fand endlich Amelia, Paula, Jamie und Lennox in einer Chatgruppe, die mit dem Banner »Jugendarbeit« bezeichnet war. Der Inhalt brachte sie allerdings nicht weiter. Außer Terminabsprachen und Geplänkel über Belanglosigkeiten gab der Chatverlauf nichts her. Die Nummer von Diakon Dreyer stand in der Telefonliste. Schriftliche Mitteilungen gab es nicht, weder als SMS noch irgendwo in den sozialen Medien.

Grethe wischte zurück zu den Nachrichten von André Strauß. »Wenn du mich fragst, ist er der aussichtsreichste Kandidat«, sagte sie. »In Liebe entbrannt und schmählich zurückgewiesen. Das ist ein klassisches Mordmotiv.« Sie schaltete das Handy aus und warf es zurück in den Lederbeutel.

»Absolut«, stimmte Marijke zu. »Aber wir brauchen mehr als das. Uns fehlt ein Beweis.« Sie räumte die restlichen Sachen in Sonjas Tasche. Bei dem Strickmuster und dem Kipferlrezept zögerte sie. Dann steckte sie die Blätter in ihre eigene Handtasche. Grethes Hinweis auf die Fingerabdrücke hatte sie offenbar ins Grübeln gebracht.

»Schade, dass jetzt alle wieder zusammen in der Küche sind«, überlegte die Kapitänswitwe, während sie den Lederbeutel zurück an den Haken hängte. »Es wäre gut, wenn wir den Organisten allein erwischen könnten.«

Grethe dachte nach. Was sie brauchten, war ein Ablenkungsmanöver. Vielleicht ...

»Komm mal mit«, sagte sie, verließ die Garderobe und ging vor Marijke her in den Werkraum. Sie öffnete ein paar Schubladen und nahm die ausfahrbare Leiter in Augenschein, die in der Ecke lehnte. Es war alles da, was sie brauchte.

Mit einem Lächeln drehte sie sich zu Marijke um. »Ich hätte da eine Idee«, sagte sie.

...

Auf dem Weg zur Küche weihte Grethe sie in ihren Plan ein. Marijke war sich nicht sicher, ob es funktionieren würde, doch einen Versuch war es auf jeden Fall wert.

»Wir sollten Alma das Gespräch mit André Strauß überlassen«, schlug die Klempnerwitwe vor. »Wenn sie ihn mit Plätzchen füttert, kann sie wahrscheinlich am ehesten sein Herz erweichen.«

Marijke hatte nichts dagegen. Auf diese Weise könnte sie bei Grethes Aktion dabei sein.

Sie betraten die Küche und fanden die Anwesenden in kleinen Grüppchen vor. Die Jugendlichen hatten sich in eine Ecke zurückgezogen, die vier Frauen in eine andere. André Strauß hockte auf einem Stuhl, umringt von Alma, Witta, Pastor Brendel und Diakon Dreyer. Alle vier redeten auf ihn ein. Strauß sah aus, als würde er am liebsten davonlaufen. Das lange blonde Haar hing ihm in die Stirn, und er machte keine Anstalten, es beiseitezuschieben. Wahrscheinlich versuchte er, sich dahinter zu verstecken.

Witta hatte die Zeit außerdem genutzt, um sich umzuziehen. Statt des blauen Maria-Kleids trug sie jetzt wieder ihren weißen Marlene-Dietrich-Hosenanzug. Wie sie da so stand, eine behandschuhte Hand nonchalant erhoben, fehlten eigentlich nur die Zigarette und der Rauch, der sich zur Decke empor kräuselte, dann wäre sie das perfekte Abbild der großen Künstlerin.

»Alle mal herhören!«, rief Grethe. »Wir sollten nicht nur tatenlos hier herumsitzen, bis die Polizei eintrifft.«

Alle wandten sich ihr zu.

»Was schlagen Sie vor?«, erkundigte sich Diakon Dreyer.

»Wir richten den Baum wieder auf.«

Dreyer runzelte die Stirn. »Wie soll das gehen? Den Aufbau hat eine Firma gemacht, mit einem entsprechenden Fahrzeug. Der Baum ist schwer. Wir können ihn nicht einfach wieder aufstellen wie eine umgefallene Vase.«

Grethe grinste. »Im Werkraum steht eine ausfahrbare Leiter.«

»Die reicht nicht bis zur Decke.«

»Es gibt auch eine lange Stange und einen Flaschenzug. Wenn ich mich oben auf die Leiter stelle, kann ich die Stange benutzen, um den Flaschenzug am Deckenhaken zu befestigen. Wir verbinden ein Seil mit der Spitze des Tannenbaums und ziehen ihn über den Flaschenzug hoch. Wenn er wieder steht, sichern wir ihn mit Angelschnur an den Wandhaken.«

Pastor Brendel rieb sich das Kinn. »Das könnte funktionieren.«

Dreyer sah ihn erbost an. »Wir lassen keine über Achtzig-jährige auf eine hohe Leiter steigen.« Er wandte sich wieder an Grethe. »Was ist denn, wenn Sie herunterfallen?«

»Ich kann mir ein Seil umbinden und an der Leiter be-festigen. Wie ein Bergsteiger.«

»Auf keinen Fall.«

Lennox sprang von der Arbeitsplatte, auf der er gesessen hatte. »Ich mache es.«

Jamie folgte seinem Bruder. »Ich bin auch dabei.«

Dreyer musterte sie misstrauisch. »Auf einmal so enga-giert?«

»Es stimmt doch. Alles ist besser, als nur hier herum-zuhocken.« Jamie schob die Hände in die Hosentaschen. »Außerdem ... Wir haben den Baum umgeworfen, wir stellen ihn wieder hin. Das ist bloß fair, oder nicht?«

Der Diakon musterte ihn eine Weile mit zusammen-gekniffenen Augen. »Okay. Also los«, sagte er dann. »Wir helfen alle mit.«

Marijke trat zu Alma und brachte sie rasch auf den neu-esten Stand.

Die Bäckerwitwe lächelte. »Ich kümmere mich um Strauß, keine Sorge.« Sie holte eine Tüte Kekse aus ihrer Handtasche und setzte sich zu ihm. »Wir bleiben hier«, sagte sie. »Die anderen kommen auch ohne uns zurecht.« Sie hielt ihm die Tüte hin.

Die anderen verließen die Küche. Der Organist zögerte, griff dann aber zu. »Danke«, sagte er leise und schob sich endlich die Haare aus der Stirn, so dass er wieder etwas sehen konnte.

Marijke stahl sich rasch aus der Küche und ließ die beiden allein. Alma würde ihn schon zum Reden bringen.

...

André Strauß zerkaute ein Plätzchen. Ein kleines Lächeln erschien auf seinem verweinten Gesicht. »Die sind gut. Wie früher bei Muttern.«

Alma freute sich. Das war ein guter Einstieg in ein vertrauliches Gespräch, fand sie. »Haben Sie ein gutes Verhältnis zu Ihrer Mutter?«

Das Lächeln verschwand. »Sie ist tot.« Schon wieder rannen Tränen über seine Wangen.

»Oh.« Alma biss sich auf die Lippe. »Das tut mir leid.«

Strauß griff in die Tüte, die sie ihm hinhielt, und nahm sich ein weiteres Plätzchen.

War das nun ein Fettnäpfchen? Oder würde es dem Organisten helfen, darüber zu reden?

»Woran ist sie denn gestorben?«, fragte Alma vorsichtig.

»Ein Autounfall.«

»Wie alt waren Sie, als es passiert ist?«

»Zehn.«

»Oje.« Alma hatte das Gefühl, dass sie sich auf ganz dünnem Eis bewegte. Doch nun hatte sie das Thema angeschnitten. »Dann sind Sie bei Ihrem Vater aufgewachsen?«

»Bei meinen Großeltern mütterlicherseits. Aber die sind auch gestorben. Da war ich sechzehn. Danach bin ich zu meinem Vater gekommen.«

Alma überlegte, ob sie nach der Todesursache fragen sollte. Strauß kam ihr zuvor.

»Sie haben eine Busreise nach Italien gemacht. Der Bus ist von der Straße abgekommen und in eine Schlucht gestürzt. Meine Großeltern waren beide sofort tot.«

»Du liebe Güte.« Alma konnte kaum fassen, dass das Schicksal einem einzelnen Menschen so viel aufbürdete. »Und Ihre anderen Großeltern?«

»Die leben in Südamerika. Wir haben keinen Kontakt zu ihnen.«

Alma überlegte. So einsam konnte doch niemand sein. »Haben Sie Geschwister?«, fragte sie hoffnungsvoll.

»Nein.«

Alma seufzte. »Also gibt es nur Ihren Vater und Sie?«

Der Organist nickte.

»Verstehen Sie sich gut?«

»Nein.«

Alma wartete ab. Sie wollte keine weitere falsche Frage stellen.

»Er ist mit meiner Berufswahl nicht einverstanden«, stieß Strauß hervor, nachdem er eine Weile den Küchenfußboden angestarrt hatte. »Musik! Das ist brotlose Kunst, hat er immer gesagt.«

»Sie leben davon, oder nicht?«

Strauß zuckte mit den Schultern. »Mehr schlecht als recht.« Er nahm sich noch einen Keks. »Ich wollte Konzertpianist werden. Aber ich habe es nicht geschafft. Jetzt spiele ich die Kirchenorgel und gebe musikalisch unbegabten Kindern auf der Insel Klavierunterricht.« Er klang verbittert.

»Dann ändern Sie etwas daran!«, rief Alma. »Sie sind doch noch jung.«

»Achtunddreißig«, entgegnete Strauß düster.

»Sehen Sie? Ich bin über achtzig. Sie haben noch mehr als das halbe Leben vor sich. Da gibt es noch jede Menge Möglichkeiten.«

»Zum Beispiel? Soll ich im Kurorchester auf der Promenade spielen?«

»Sie komponieren doch. Warum machen Sie nicht etwas daraus?«

»Das habe ich versucht. Aber ich habe einfach kein Glück. Ich habe nie Glück. Egal, was ich will, ich bekomme es nicht. Es ist immer jemand anders da, der mir das, was ich mir ersehne, vor der Nase wegschnappt. Bei jedem Wettbewerb, an dem ich teilgenommen habe. Bei der Bewerbung für ein Stipendium. Bei den Orchestern, in denen ich spielen wollte.«

»Und bei Sonja Frenz«, ergänzte Alma.

Strauß nickte bitter.

...

145

Im Gemeindesaal trugen Pastor Brendel und Diakon Dreyer die lange Leiter herbei und zogen sie auseinander. Sie lehnten sie an die Wand hinter dem umgestürzten Baum. Tatsächlich fehlten nur etwas mehr als zwei Meter bis zur Decke, stellte Marijke fest. Sie war oft genug mit ihrem verstorbenen Mann Rickmer auf See gewesen, um Höhen abschätzen zu lernen. Auf einem Schiff musste häufig etwas an Aufbauten oder Schornsteinen ausgebessert werden, und Rickmer hatte ihren Blick für diese Dinge geschärft.

Jamie und Lennox hatten sich Seile aus dem Werkraum besorgt und knoteten daraus geschickt ein Klettergeschirr. Lennox streifte es sich über Arme und Beine.

»Das Ende werfen wir oben über die Leiter«, erklärte er den Häkelfreundinnen. »Jamie steht unten und sichert mich, während ich hinaufklettere.«

Marijke beobachtete die beiden Jungen neugierig. »Ihr seht aus, als hättet ihr das schon öfter gemacht«, sagte sie.

Jamie lächelte. »Haben wir auch. Bei einem Kletterkurs in Südfrankreich im letzten Sommer. Da haben wir alles gelernt, was man wissen muss. Knoten, Klettertechnik und die richtige Sicherung.«

Marijke war überrascht über die Verwandlung, die sich bei den Zwillingen vollzogen hatte. Die mürrischen Mienen waren verschwunden. Stattdessen entdeckte Marijke Tatendrang und ein abenteuerlustiges Funkeln in ihren Augen.

Lennox wandte sich an Grethe. »Sie sind übrigens echt in Ordnung«, erklärte er. »Das wollte ich Ihnen noch sagen.«

Marijke sah ihm an, dass er es ehrlich meinte.

Grethe, sonst so stoisch und ungerührt wie ein Fels in der Bandung, wurde tatsächlich ein wenig verlegen. »Tut mir leid, wenn ich dir wehgetan habe.«

»Ach das.« Lennox winkte ab. »Nicht so schlimm.« Er studierte konzentriert das Muster seiner Schnürsenkel.

»Fertig?«, fragte sein Bruder.

»Klar. Kann losgehen.« Lennox eilte zur Leiter.

Grethe ging in den Werkraum und kam mit der Stange, dem Flaschenzug und einem langen Seil zurück. Sie erklärte Brendel, Dreyer und den beiden Jungen, wie sie sich die Sache vorstellte, und die vier nickten. Lennox warf die Sicherungsleine über die oberste Sprosse der Leiter. Anschließend befestigte er den Flaschenzug an der Stange. Brendel knotete das Seil an der Spitze des Christbaums fest, und Lennox begann mit dem Aufstieg, gesichert von seinem Bruder. Brendel und Dreyer hielten die Leiter, damit sie nicht umkippte.

Witta trat zu Marijke und den beiden Mädchen, die ein Stück entfernt bei den Stühlen standen und die Aktion beobachteten. Die anderen Frauen hielten sich bereit, um beim Ziehen zu helfen, wenn der Flaschenzug befestigt war.

»Vom Saulus zum Paulus«, bemerkte Witta, während Lennox behände wie ein Affe die Leiter erklomm.

»Klar. Das ist ja alles bloß Show«, sagte Amelia. »Die beiden machen nur so viel Ärger, weil sie Aufmerksamkeit wollen.«

»Bekommen sie die zu Hause nicht?«, fragte Witta.

»Nee. Die Eltern kümmern sich nicht«, erklärte Paula. »Die sind ständig unterwegs, Kundentermine, Geschäftsessen, Wohltätigkeitsveranstaltungen.«

»Ach so?« Marijke hatte angenommen, dass die Zwillinge aus einfachen Verhältnissen stammten. Eine falsche Schlussfolgerung womöglich, die sie aufgrund der billig wirkenden Klamotten getroffen hatte. Dabei wusste sie von ihren Urenkelinnen, dass das nicht viel zu bedeuten hatte. Gerade die Sachen, die aus der Altkleidersammlung zu stammen schienen, waren oft absurd teuer.

»Was machen die Eltern denn?«, erkundigte sich Witta.

»Der Vater ist Immobilienmakler, die Mutter Anwältin für Wirtschaftsrecht.«

Marijke gab einen verblüfften Laut von sich. So konnte man sich täuschen!

»Warum denken dann alle, dass Jamie und Lennox die Kollekte geklaut haben? Bekommen sie kein Taschengeld?«, fragte Witta weiter.

Paula lachte bitter. »Doch. Die haben so viel Geld, dass sie nicht wissen, wohin damit.«

»Sie bekommen immer alles, was sie wollen, ohne sich dafür anzustrengen«, erklärte Amelia. »Materielle Dinge, meine ich. Die Eltern überschütten sie mit allem möglichen Kram, damit sie sich nicht kümmern müssen. Jamie und Lennox können tun und lassen, was sie wollen. Egal, was sie anstellen, sie kriegen nie Ärger. Deswegen denken sie auch nicht darüber nach, welche Konsequenzen ihr Handeln für andere hat. Sie machen ständig irgendwelchen Scheiß, damit man sie beachtet, aber sie kapieren nicht, wie viel Schaden sie damit anrichten.«

Marijke hob die Augenbrauen. Für ihre sechzehn Jahre klang Amelia ausgesprochen reif.

»Was arbeiten denn deine Eltern?«, wollte Witta wissen.

»Lehrer.«

»Ah«, machte Witta. »Und deine?«, wandte sie sich an Paula.

»Meinen Vater kenne ich nicht«, entgegnete das dunkelhaarige Mädchen. »Meine Mutter hat mich alleine großgezogen. Sie ist Verkäuferin.«

»Soso.« Witta zupfte an ihren weißen Handschuhen. Marijke überlegte, ob ihr das Mitgefühl oder eher die Missbilligung die Sprache verschlugen.

...

Alma Grieger sah den Organisten überrascht an. »Sie wussten, dass Sonja mit Pastor Brendel zusammen war?«

André Strauß nickte und zerkrümelte den angebissenen Keks, den er in der Hand hielt. »Ja. Ich habe sie zufällig gesehen. Vor zwei Wochen nach dem Gottesdienst. Ich hatte meine Handschuhe im Vorbereitungsraum in der Kirche vergessen, und da standen sie. Engumschlungen. Haben sich leidenschaftlich geküsst und mich gar nicht bemerkt. Ich habe mich dann davongeschlichen.«

»Trotzdem haben Sie Sonja weiterhin Liebesbotschaften geschickt und Stücke für sie komponiert.«

»Ich konnte nicht anders. Sie war meine große Liebe.« Strauß sah traurig auf die Krümel, die an seinen Fingern klebten.

»Sie hat Sie zurückgewiesen und Sie in Ihren Kontakten blockiert.« Alma zog ein Taschentuch und reichte es ihm.

Strauß fragte nicht, woher sie das wusste. »Nicht nur das.« Er tupfte die Krümel ab und schob das Taschentuch anschließend mit spitzen Fingern in die Hosentasche.

Alma horchte auf. »Was denn noch?«

Strauß schien unschlüssig, ob er sich ihr anvertrauen sollte, doch der Druck, unter dem er stand, war offensichtlich zu groß.

»Sie hat mich gedemütigt«, erklärte er rau. »Sie hat gesagt, selbst wenn ich der letzte Mann auf Erden wäre, würde sie niemals etwas mit mir anfangen.«

Alma sah ihn mitfühlend an. »Waren Sie nicht wütend?«, fragte sie. Eine solche Zurückweisung könnte durchaus ein Grund sein, dem geliebten Menschen etwas anzutun.

Strauß blinzelte. »Nein. Ich bin nie wütend. Ich fühle mich einfach nur leer.«

»Obwohl das Leben so ungerecht zu Ihnen ist?«

Der Organist zuckte mit den Schultern. »Es ist ja meine eigene Schuld. Ich kann nicht gut mit anderen Menschen umgehen. Mir fehlt es an Charme und Ausstrahlung. Und ich habe nicht den nötigen Ehrgeiz.«

»Wer sagt denn so etwas?«

»Mein Vater.«

Alma nahm seine Hand. »Lassen Sie sich das nicht einreden. Sie sind ein erwachsener Mann. Auf die Meinung Ihres Vaters sind Sie nicht angewiesen.«

»Aber er hat doch recht.«

»Das glaube ich nicht«, widersprach Alma. Sie war nicht besonders bewandert in der Psychologie, hatte jedoch die Artikel in den Zeitschriften, die beim Friseur auslagen, immer mit Interesse gelesen. Darüber hinaus verfügte sie über ein gutes Maß an Lebenserfahrung, und in ihrer Bäckerei war sie mit vielen Menschen und ihren Schicksalen in Berührung gekommen. André Strauß war offensichtlich ein Typ, der sich eher selbst verletzte, als anderen etwas anzutun. »Und selbst wenn. Sie können es ändern. Suchen Sie sich einen Therapeuten, mit dem Sie an Ihrem Selbstbild und an Ihren Zielen arbeiten. Ich bin sicher, da liegen noch viele schöne Dinge vor Ihnen.«

Der Organist sah sie überrascht an. »Meinen Sie?«

Alma nickte vehement. »Probieren Sie es. Vergessen Sie, was andere über Sie gesagt haben. Finden Sie heraus, wer Sie sind und was Sie selbst wollen. Und dann tun Sie es.«

...

Lennox war oben auf der Leiter angekommen und reckte die Stange hoch. Es war nicht einfach, den Flaschenzug am Deckenhaken zu befestigen, doch beim dritten Versuch gelang es. Die Frauen applaudierten. Lennox grinste zufrieden. Er kletterte die Leiter wieder hinunter und übergab die Stange an Grethe. Brendel und Dreyer stellten die Leiter beiseite. Dann hängten sich die Männer an das Seil und zogen. Die vier Frauen aus der Backgruppe und die Zwillinge unterstützten sie.

Der Baum richtete sich langsam wieder auf.

»Wie der Phönix aus der Asche«, kommentierte Witta. Grethe, die zu ihnen getreten war, strahlte.

Als der Baum stand, stellten Brendel und Dreyer die Leiter erneut in Position. Lennox kletterte noch einmal hinauf und angelte mit der Stange den Flaschenzug vom Deckenhaken. Dreyer reichte dem jungen Mann ein paar Nylonschnüre, die er um den Stamm schlang und an den Wandhaken befestigte. Als die letzte Schnur verknotet war, stieg er von der Leiter und hob die Arme wie ein Sportler, der siegreich aus einem Match hervorgegangen war. Wieder klatschten alle begeistert, und die Tote auf der Bühne, nur ein paar Meter von ihnen entfernt, war für einen kurzen Moment vergessen.

Grethe und die Männer räumten Leiter und Werkzeug zurück. Witta brachte ihre Marlene-Dietrich-Dauerwelle in Form. »Gibt es hier irgendwo Champagner?«, flötete sie. »Ich finde, auf diesen Erfolg müssen wir anstoßen.«

»Ja. Da sind ein paar Flaschen Prosecco im Kühlschrank«, entgegnete Neele Hintz und strebte zur Küchentür. Die anderen folgten ihr.

Marijke hatte sich ebenfalls schon in Bewegung gesetzt, bemerkte aber dann, dass Amelia und Paula neben dem Baum stehen geblieben waren. Rasch kehrte sie zu ihnen zurück.

»Wollt ihr nicht mit den anderen anstoßen?«, erkundigte sie sich.

»Nee. Wir hatten schon Weinbrand-Cola, das reicht«, sagte Amelia. »Außerdem mag ich keinen Sekt.«

Marijke war einem Gläschen Prosecco keinesfalls abgeneigt, doch das konnte warten. Vorhin, bei ihrem Gespräch in der Küche, hatte sie das Gefühl gehabt, dass die beiden Mädchen nicht die ganze Wahrheit gesagt hatten, was ihr Verhältnis zu Sonja Frenz anging. Marijke hatte es nicht richtig greifen können, aber irgendein Geheimnis schien es zu geben. Vielleicht fand sie ja heraus, was es war?

...

Draußen im Gemeindesaal wurde es laut. Alma hörte Schritte und Stimmen, die sich näherten. Im nächsten Moment öffnete sich die Küchentür, und die ganze Gruppe strömte herein. Kerstin Kuntz ging zum Kühlschrank und holte zwei Flaschen Prosecco hervor. Neele Hintz stellte Sektgläser auf ein Tablett.

»Wir haben es geschafft!«, verkündete Witta stolz. »Der Baum steht wieder.«

Kerstin ließ den ersten Korken aus der Flasche ploppen und schenkte ein. Witta schnappte sich ein Glas. »Darauf trinken wir!«

Grethe bediente sich ebenfalls und reichte auch Alma ein Glas. »Sie hat absolut nichts dazu beigetragen«, verkündete sie mit einem Seitenblick auf Witta.

Witta ignorierte sie. Sie wandte sich den anderen Frauen zu und stieß mit ihnen an.

Pastor Brendel kam mit zwei Sektgläsern in der Hand zu Alma und Strauß herüber. »Alles in Ordnung bei dir, André?«, fragte er.

Strauß nickte. Er wischte sich mit dem Jackenärmel über die Augen und nahm den Prosecco entgegen.

Brendel ließ sein Glas sacht gegen das des Organisten klirren. »Auf Sonja«, sagte er leise.

Alma beobachtete André Strauß genau. Da war nichts Böses in seinem Blick. Keine Wut, kein Hass auf den Pastor, der ihm die geliebte Frau weggenommen hatte, nur tiefe Trauer.

Strauß stand auf. »Auf Sonja«, wiederholte er und leerte den Prosecco in einem Zug. »Ich werde jetzt für sie spielen. Ein Abschiedslied.« Er stellte das Glas beiseite, warf den Kopf zurück und verließ mit langen Schritten die Küche.

Alma rieselte ein Schauer über den Rücken. Strauß

wirkte auf einmal ganz anders. Nicht mehr wie ein Mann, den das Schicksal aus der Bahn geworfen hatte, sondern wie ein Künstler, der die Bühne seines Lebens betrat.

7

Die Küchentür öffnete sich. André Strauß trat hinaus, setzte sich ans Klavier und begann, eine wunderschöne, traurige Melodie zu spielen.

Amelia und Paula schauten zur Bühne hinüber, wo Sonja Frenz unter dem weißen Laken lag. Marijkes Handy piepte. Sie zog es hervor und las die Nachricht, die Alma ihr geschickt hatte. Demnach kam André Strauß als Täter nicht infrage, obwohl Sonja ihn zutiefst gedemütigt hatte.

Marijke steckte das Handy wieder weg. »Sie war nicht so nett, wie sie getan hat, stimmt's?«, sagte sie. »Sonja Frenz, meine ich.«

Die beiden Mädchen wandten sich ihr zu. Paula verschränkte die Arme vor der Brust. »Wie kommen Sie darauf?«

Marijke wies auf den Organisten. »Er war in sie verliebt, und sie hat ihn fertiggemacht.«

»Nicht nur ihn«, entfuhr es Amelia. Paula warf ihr einen bösen Blick zu.

»Wen denn noch? Euch?«, fragte Marijke.

Amelia nickte widerstrebend.

»Hör auf. Das geht sie nichts an«, fuhr Paula das andere Mädchen an.

Amelia schob ihre langen blonden Haare zurück. Sie wirkte unschlüssig, doch dann schüttelte sie den Kopf. »Was schadet es denn, darüber zu reden? Das hätten wir schon längst tun sollen.«

»Es ist mir peinlich.«

»Du kannst aber nichts dafür, dass sie dich zum Opfer gemacht hat«, schimpfte Amelia. »Sie war diejenige, mit der etwas nicht gestimmt hat.« Ihr hübsches Gesicht verzog sich zu einer wütenden Grimasse.

Marijke war überrascht. Ihr erster Eindruck war gewesen, dass Sonja und Amelia sich gut verstanden hatten. Zwei junge Frauen, die vom Aussehen her Schwestern hätten sein können. Aber vielleicht hatte genau darin das Problem bestanden?

»Sie hat uns gemobbt«, berichtete Amelia.

»Euch alle?«

»Nein. Nur Paula und mich. Vor Jamie und Lennox hatte sie Schiss.«

»Was hat sie getan?«

»Sie hat versucht, uns lächerlich zu machen. Da ist noch ein anderer Junge in der Gruppe. Nils. Paula findet ihn süß.«

»Amelia!« Das dunkelhaarige Mädchen stampfte mit dem Fuß auf.

»Ich erzähle das jetzt!« Amelia funkelte Paula an. »Wir haben lange genug den Mund gehalten.« Sie wandte sich wieder an Marijke. »Sonja hat das mitbekommen, und dann hat sie angefangen, Nils schlimme Dinge über Paula zu erzählen.«

»Was denn für Dinge?«

»Dass sie im Netz Nacktfotos postet. Dass sie auf allen möglichen Dating-Apps unterwegs ist. Dass sie bei einem Online-Erotikshop Sachen bestellt. So was.«

»Stimmt das?«, fragte Marijke.

»Nur das mit dem Online-Shop, und das war bloß Unterwäsche, weil sie für Nils hübsch sein wollte. Den Rest hat Sonja sich ausgedacht.«

»Und Nils?«

»Der hat das alles geglaubt. Paula und er hatten gerade ihr erstes Date, und dann ist er plötzlich auf Distanz gegangen und wollte nichts mehr von ihr wissen.«

»Warum habt ihr das nicht aufgeklärt?«

»Wenn er mir so was zutraut, ist er nicht so toll, wie ich dachte«, stieß Paula hervor. »Im Grunde hat mir Sonja einen Gefallen getan. Sie hat mir die Augen geöffnet.«

Marijke seufzte. Paula gab sich taff und abgebrüht, aber Marijke konnte spüren, wie verletzt sie war. Die schroffen Worte sollten darüber hinwegtäuschen. Vor allem versuchte sie wohl, sich selbst etwas vorzumachen. Sonja Frenz hatte den zarten Spross ihrer vielleicht ersten großen Liebe zertrampelt, und Paula kämpfte gegen den Schmerz darüber an. Sie hätte einen guten Grund gehabt, sich an der Jugendgruppenleiterin zu rächen. Hatte sie es auch getan?

»Vielleicht war das gar nicht der Grund, warum er sich

abgewandt hat«, gab sie zu bedenken. »Wer weiß, was Sonja ihm sonst noch für Lügen aufgetischt hat. Du solltest auf jeden Fall mit ihm sprechen. Schon allein, damit du Gewissheit hast.«

Paulas dunkle Augen schimmerten feucht. »Meinen Sie wirklich?«

»Unbedingt.«

Das Mädchen schob die Hände in die Hosentaschen. »Ja. Na ja. Vielleicht tue ich das.«

Marijke wandte sich an Amelia. »Du hast gesagt, sie hat euch beide gemobbt. Was hat sie dir getan?«

Amelia zuckte mit den Schultern. »Einmal sollte ich im Gottesdienst einen Text vortragen, und sie hat mir einen Zettel gegeben, auf dem mittendrin Sachen standen, die gar nichts damit zu tun hatten. Peinliches Zeug. Ich hatte schon angefangen, es laut vorzulesen, als ich es gemerkt habe.«

Marijke hob die Augenbrauen.

»Ein anderes Mal sollte ich den Kelch mit dem Wein für das Abendmahl hineintragen, und sie hat mir ein Bein gestellt. Ich bin gestolpert und habe Pastor Brendel dabei den Wein über die Soutane gekippt.«

»Das ist doch ...« Marijke schaute zur Bühne, wo die Tote unter dem Laken lag.

»Und einmal ...« Amelias Wangen färbten sich rot.

»Ja?«

»Sonja hat ihr bei einem Treffen die Hose mit Wasser

vollgespritzt«, sagte Paula. »Und dann hat sie behauptet, Amelia hätte sich beim Lachen eingenässt.«

Marijke konnte es nicht fassen. Ein solches Verhalten passte zu einer verzogenen Zehnjährigen, aber doch nicht zu einer erwachsenen Frau, die als Jugendgruppenleiterin in der Kirche tätig war.

»Was meint ihr, warum sie das getan hat?«, fragte sie.

»Ich glaube, es hat ihr nicht gefallen, wie Pastor Brendel Amelia angeschaut hat«, sagte Paula sofort. »Weil sie so hübsch ist und so toll singen und vorlesen kann.«

Amelia wehrte ab. »Sonja war auch hübsch.«

»Aber du bist noch viel schöner.«

»Jetzt hör doch auf.« Mittlerweile glühte Amelias Gesicht.

»Was Sonja dir angetan hat, muss schrecklich für dich gewesen sein«, sagte Marijke mitfühlend. »Hast du deinen Eltern davon erzählt?«

Amelia schüttelte den Kopf. »Ich habe mich geschämt.«

»Wenn sich irgendjemandem deshalb schämen sollte, dann Sonja Frenz«, erklärte Marijke empört. Was war nur in deren Kopf vorgegangen? Hatte die Jugendgruppenleiterin ein derart gering ausgeprägtes Selbstbewusstsein gehabt, dass sie glaubte, mit einer Sechzehnjährigen konkurrieren zu müssen? Und wie war diese Sechzehnjährige mit den Demütigungen umgegangen? Hatte sie einen ebenso perfiden Plan ersonnen, um es der Jugendgruppenleiterin heimzuzahlen? Womöglich war es gar nicht ihre Absicht gewesen, Sonja zu töten? Vielleicht hatten Amelia und Paula sie nur ebenso in Verlegenheit bringen wollten, wie Sonja es mit ihnen getan hatte?

»Sie hat recht«, erklärte Paula. »Du solltest es deinen Eltern sagen.«

»Wozu? Sonja ist tot.«

»Trotzdem. Es hat doch was mit dir gemacht.« Paula schaute verlegen auf ihre Schuhe. »Ich hab dich neulich auf der Toilette gesehen, wie du dir die Haare ausgerissen hast. Einzeln, eins nach dem anderen, und ganz langsam, damit du den Schmerz richtig spürst.«

Amelias Augen füllten sich mit Tränen. »Das passiert mir manchmal. In solchen Momenten, wo ich einfach gar nichts mehr fühle. Da hilft das.«

Marijke deutete zur Bühne. »Wart ihr das mit dem Stern? Ich könnte gut verstehen, wenn ihr Sonja eine Lektion erteilen wolltet.«

Die beiden Mädchen sahen sie erschrocken an.

»Um Gottes willen, nein!«, rief Amelia. »So etwas würden wir nicht tun.«

»Ich kann es beweisen«, sagte Paula. »Hier.« Sie holte ihr Smartphone aus der Hosentasche. »Ich habe die Probe gefilmt. Amelia und ich haben ganz hinten gesessen.« Sie hielt Marijke das Handy hin und startete ein Video.

Marijke erkannte die erste Szene des Krippenspiels: die drei Weisen aus dem Morgenland, dargestellt von Amelia, Jamie und Lennox, die den Stern von Bethlehem entdeckten. Nach dem Auftritt gingen sie ab. Als Nächstes war zu sehen, wie Witta und Sonja in ihren Kleidern als Maria und Erzengel Gabriel aus dem Kostümraum kamen. Die Kamera vollführte einen Schwenk und erfasste Amelia, die – jetzt ohne den Umhang, den sie über einen Stuhl in der ersten Reihe gehängt hatte – durch den Zuschauerraum auf Paula zuging und sich neben sie setzte. Sie nahm Paula das Smartphone weg und filmte das andere Mädchen. Paula, die das offenbar nicht wollte, holte sich das Handy rasch zurück. Wieder kam Amelia ins Bild, hinter ihr der geschmückte Tannenbaum.

Die Kamera schwenkte erneut zur Bühne. Marijke sah Pastor Brendel, der den Erzähltext vortrug, und den Beginn der Szene zwischen Maria und dem Erzengel. Sie hörte Almas erschrockenen Ausruf, und dann stürzte der Stern herunter. Sonja Frenz sackte getroffen zu Boden. Die Aufnahme brach ab.

»Sehen Sie?«, sagte Paula. »Wir waren gar nicht in der Nähe, als es passiert ist.«

Marijke dachte nach. Zwischen Amelias Abgang und dem Absturz des Sterns waren mehrere Minuten verstrichen. Zu viel, als dass Amelia als Täterin in Frage kam, wenn Grethe recht hatte und es maximal eine oder zwei Minuten gedauert hatte, bis der Keil aus der Rolle gerutscht war und sich das Seil gelöst hatte.

»Darf ich mir den Film noch einmal anschauen?«, fragte sie.

»Klar. Wenn Sie mir Ihre Nummer geben, kann ich Ihnen den Clip auch schicken.«

»Das ist eine gute Idee!« Marijke diktierte ihre Handynummer. Gleich darauf piepte ihr Gerät und signalisierte, dass das Video eingetroffen war. Marijke bedankte sich bei den Mädchen und eilte zur Küche. Den Film musste sie Alma, Grethe und Witta zeigen! Vielleicht war ja noch mehr darauf zu entdecken, als sie auf den ersten Blick gesehen hatte.

...

Grethe bemerkte als Erste, dass Marijke in der Küchentür stand und winkte. Sie ging zu Alma und zupfte sie am Ärmel, dann zu Witta. Die Freundinnen verstanden und folgten ihr unauffällig in den Gemeindesaal. Grethe drückte die Tür hinter ihnen ins Schloss.

»Hast du etwas herausgefunden?«, fragte sie.

Marijke berichtete vom Gespräch mit den Mädchen. Grethe kam die Galle hoch, als sie hörte, was Sonja Frenz den beiden angetan hatte.

»Was für ein missgünstiges Biest«, sagte Witta, und ausnahmsweise konnte Grethe ihr vorbehaltlos zustimmen.

»Paula hat ein Video gemacht«, berichtete Marijke. »Von der Probe und dem Absturz des Sterns.«

»Sieht man darauf, wer die Kurbel manipuliert hat?«, fragte Grethe.

»Ich weiß es nicht.« Marijke zückte ihr Handy. »Ich wollte es mir gemeinsam mit euch anschauen.«

Die Frauen beugten sich über das Display.

»Stopp!«, sagte Grethe, als die Stelle kam, an der die Kamera von der Bühne zur Tür des Kostümraums schwenkte. »Geh noch mal ein Stück zurück.«

Marijke kam ihrem Wunsch nach. Grethe lief ein Schauer über den Rücken.

»Da!« Sie deutete auf zwei Gestalten, die hinter den Tierfiguren über die Bühne schlichen. Beide mit einer Krone auf dem Kopf, die eine mit einem blauen, die andere mit einem roten Umhang bekleidet. Jamie und Lennox.

Die Zwillinge strebten auf die Kurbel zu, doch der Kameraschwenk kam im denkbar schlechtesten Moment. In der einen Sekunde waren die beiden Jungen noch zu sehen, in der nächsten waren Witta und Sonja Frenz im Bild. Als die Kamera wieder zurückschwenkte, waren die Zwillinge verschwunden.

»Verdammt«, sagte Grethe ärgerlich. »Zieh das Bild mal groß.«

Marijke ging schrittweise zurück und dann Bild für Bild wieder nach vorn. Vor dem Schwenk steckte der gummierte Keil in der Bremsvorrichtung. Als Sonja und Witta die Bühne betraten, lag er unter der Kurbel.

»Das gibt es doch nicht«, rief Witta. »Ausgerechnet in dem Augenblick, in dem Paula die Kamera bewegt, hat jemand den Keil gelockert.« Sie kniff die Augen zusammen.

»Trotzdem. Das können nur die beiden Jungen gewesen sein.«

Marijke und Alma nickten.

»Die knöpfen wir uns vor«, entschied Grethe. »Es wäre doch gelacht, wenn wir die Wahrheit nicht aus ihnen herausbekämen.« Sie öffnete die Küchentür erneut und steckte den Kopf hinein. »Jamie! Lennox! Könnt ihr kurz kommen? Wir bräuchten eure Hilfe.«

Die beiden stellten bereitwillig ihre Sektgläser beiseite und kamen nach draußen.

»In der Garderobe«, sagte Grethe und marschierte voraus. Ihre Freundinnen und die Zwillinge folgten ihr.

»Setzt euch!«, kommandierte Grethe, als alle in der Garderobe waren. Witta schloss mit Nachdruck die Tür.

Jamie und Lennox hockten sich auf eine der Bänke. Die Häkelfreundinnen bauten sich vor ihnen auf.

»Was wird das jetzt?«, fragte Lennox misstrauisch. »Das jüngste Gericht?«

»Etwas in der Art.« Grethe zeigte auf das Smartphone, das Marijke in der Hand hielt. »Wir haben ein Video zugespielt bekommen, auf dem zu sehen ist, wie ihr euch zwei Minuten vor dem Absturz des Sterns über die Bühne schleicht.«

Die Jungen tauschten einen unbehaglichen Blick.

»Aus der Nummer kommt ihr nicht mehr raus«, erklärte Witta. »Ihr solltet ein Geständnis ablegen. Dann gibt es vielleicht mildernde Umstände. Ihr seid ja noch nicht volljährig. Die Tat fällt vermutlich unter das Jugendstrafrecht.«

»Moment mal.« Jamie blinzelte. »Ich habe keine Ahnung, wovon Sie reden.«

»Davon, dass wir hier den Beweis haben, dass ihr den Stern und die Kurbel präpariert habt. Ihr wolltet euch an Sonja Frenz rächen, richtig?«

»Wofür denn?«

»Sag du es mir«, forderte Grethe den Jungen auf.

»Wir hatten kein Problem mit Sonja«, stieß Lennox hervor. Er hatte rote Flecke im Gesicht, genau wie sein Zwillingsbruder.

»Warum habt ihr es dann getan?«

»Haben wir nicht.«

Witta brachte ihre Dauerwelle in Form. »Leugnen ist zwecklos. Die Polizei wird bald hier sein. Sie wird eure Fingerabdrücke finden. Oder habt ihr Handschuhe getragen?«

Wieder tauschten die Zwillinge einen Blick.

»Je eher ihr mit der Wahrheit herausrückt, desto besser«, verkündete Witta.

Jamie schnaufte. »Ja, verdammt. Wir haben den Stern mit Sand gefüllt. Aber wir haben ihn nicht abstürzen lassen.«

Diesmal waren es die Häkelfreundinnen, die vielsagende Blicke tauschten.

»Warum?«, fragte Grethe.

»Weil wir ihm eine Lektion erteilen wollten.«

»Ihm?« In Wittas Augen stand ein Fragezeichen, und auch Marijke und Witta sahen ratlos aus.

»Diakon Dreyer«, erklärte Jamie. »Er ...«

»Ja?«

»Er hat uns erpresst.«

»Womit?«

»Er hat gesagt, er hat sich den Klingelbeutel angesehen. Und dass da Fingerabdrücke drauf sind. Unsere, da war er sich sicher. Wenn wir nicht beim Krippenspiel mitmachen, wollte er uns anzeigen.«

»Ihr habt die Kollekte gestohlen!«, schloss Witta messerscharf.

»Ja.« Die Zwillinge nickten betreten.

»Schön. Dann haben wir das ja auch geklärt«, freute sich Alma.

»Warum?«, fragte Marijke. »Ihr braucht das Geld doch gar nicht.«

Jamie zuckte mit den Schultern. »Nee. Das war bloß eine Mutprobe. Wir wollten das Geld ja auch zurückgeben.«

»Habt ihr aber nicht.«

»Doch. Wir haben es heute Morgen beim Gottesdienst in den Klingelbeutel getan. Weil wir dachten, Brendel behält vielleicht den Briefkasten im Auge und erwischt uns, wenn wir es dort einwerfen.«

Grethe musste lachen. Das war kein dummer Gedanke.

»Okay. Wo war jetzt das Problem?«, fragte sie. »Das Geld ist wieder da, wo es hingehört, und ihr habt eure Rollen beim Krippenspiel, also zeigt Dreyer euch nicht an.«

Die Zwillinge zuckten mit den Schultern. »Wir waren sauer. Es sollte ja bloß ein Streich sein. Wir wollten ihm einen Schreck einjagen, indem wir den Stern runterkrachen lassen. Mit ordentlich Wumms. Aber nicht, wenn jemand auf der Bühne steht.«

»Okay.« Grethe tauschte rasche Blicke mit ihren Freundinnen. Sie glaubte den Jungen, und Alma, Witta und Marijke schien es genauso zu gehen.

»Weshalb seid ihr nach eurem Auftritt auf der Bühne herumgeschlichen?«, erkundigte sich Marijke.

»Ich ... wir ...«, Jamie hüstelte. »Mir war etwas aus der Tasche gefallen. Wir wollten es zurückholen, bevor Dreyer oder sonst wer es findet.«

»Was denn?«

»Shit«, presste Lennox zwischen zusammengebissenen Zähnen hervor.

»Bitte?« Witta wedelte mit der behandschuhten Hand vor ihrer Nase, als müsse sie einen unangenehmen Geruch vertreiben.

»Haschisch«, übersetzte Grethe.

»Ach so.« Witta betastete ihre Dauerwelle. Dann sah sie die beiden Jungen ernst an. »Ihr solltet keine Drogen nehmen. Das kann schreckliche Folgen haben. Ihr glaubt gar nicht, was ich da in der Landarztpraxis meines Mannes alles zu sehen bekommen habe …«

»Witta!«, stöhnten Marijke, Alma und Grethe im Chor, und die Landarztwitwe verstummte beleidigt.

»Ich meine ja nur.«

»Sie hat recht«, sagte Grethe.

»Cannabis wird doch sogar als Medizin verschrieben«, sagte Lennox.

»Stimmt«, bestätigte Grethe. »Bei Schmerzpatienten zum Beispiel.« Sie sah die Zwillinge scharf an. »Habt ihr Schmerzen?«

»Äh. Nö.«

»Gut.« Grethe deutete zur Tür. »Ab mit euch.«

Die Zwillinge schnellten in die Höhe, als hätten sie auf Sprungfedern gesessen, und stürmten aus der Garderobe. Im nächsten Moment fiel die Tür mit einem lauten Knall ins Schloss. Witta hielt sich demonstrativ die Ohren zu.

»Übrigens verordnet man Cannabis bei schweren Erkrankungen auch gegen Krämpfe oder Appetitlosigkeit«, teilte sie Grethe mit, nachdem sie die Hände wieder heruntergenommen hatte. »Wobei es ja heutzutage nur noch darum geht, ob es die Kasse zahlt. Dank der Legalisierung kann es mittlerweile jeder kaufen, auch ohne Rezept. Allerdings erst ab achtzehn.«

»Das ist mir bekannt«, erwiderte die Klempnerwitwe. »Genauso wie die Tatsache, dass regelmäßiger Alkoholkonsum weitaus schädlicher ist als ein bisschen Haschisch. Du kannst also ruhig von deinem hohen Ross herunterkommen.«

»Ich bitte dich.« Witta hob pikiert das Kinn. »Ab und an ein Gläschen Prosecco oder Küstennebel, das bringt doch niemanden um.«

»Und der Schnaps und der Weinbrand vorhin?«

»Das war eine Ausnahme.«

Witta und Grethe fixierten sich streitlustig.

»Sie haben die Wahrheit gesagt, meint ihr nicht auch?«, fragte Alma laut, um das Geplänkel zu beenden. »Jamie und Lennox, meine ich.«

Marijke nickte, und auch Witta und Grethe waren sofort wieder bei der Sache.

»Die Jungs haben den Stern mit Sand gefüllt«, überlegte Marijke. »Irgendjemand muss sie dabei beobachtet haben. Und dann ist ihm die Idee gekommen, die Situation auszunutzen. Wahrscheinlich dachte er, auf diese Weise könnte er den Jungen den Mord in die Schuhe schieben.«

»Oder sie«, merkte Witta an. »Den Stern aufzuhängen, ist vielleicht nicht so leicht, aber die Kurbel kaputtmachen und den Keil hineinstecken könnte auch eine Frau.«

»Stimmt.« Die Freundinnen tauschten ratlose Blicke.

»Wer bleibt denn jetzt noch übrig?«, fragte Alma. »Wenn es die Jugendlichen nicht waren, und André Strauß und die vier Frauen auch nicht?«

»Pastor Brendel und Diakon Dreyer.«

»Die hatten aber beide kein Motiv, Sonja Frenz zu töten«, merkte Marijke an.

»Zumindest kennen wir es nicht«, schränkte Grethe ein. Dann kam ihr ein Gedanke. »Vielleicht war ja auch alles ganz anders«, sagte sie. »Die Zwillinge wollten nicht Sonja Frenz treffen, sondern Diakon Dreyer. Was ist denn, wenn es bei unserem Mörder genauso war? So präzise lässt sich ja nicht berechnen, wann der Stern herunterkommt, wenn man den Keil lockert.«

»Da ist was dran«, stimmte Witta aufgeregt zu. »Eigentlich hätte Sonja gar nicht an dieser Stelle stehen sollen. Erinnert ihr euch, dass Dreyer sie mehrfach ermahnt hat, ihre Position zu halten? Sie hätte viel weiter an der Seite stehen müssen.«

»Also ging es um den Pastor? Der stand vor eurem Auftritt genau unter dem Stern.«

»Er ist aber nur eingesprungen, weil Dreyer ihn darum gebeten hat«, rief ihnen Alma ins Gedächtnis. »Eigentlich hätte Dreyer selbst dort stehen müssen. Direkt unter dem Stern ist der Platz des Erzählers.«

»Also wollte jemand den Diakon töten?«, fragte Witta fassungslos. »Einen Mann Gottes? Wer tut denn so etwas?

»Das ist die Frage«, sagte Marijke und seufzte tief.

»Was ist denn los?«, fragte Alma.

»Es bedeutet, dass wir wieder ganz am Anfang stehen«,

erklärte Marijke. »Wir haben herausgefunden, wer ein Motiv für den Mord an Sonja hatte. Aber wir haben keine Ahnung, wer Diakon Dreyer oder Pastor Brendel nach dem Leben trachten könnte.«

»Stimmt.« Witta und Alma ließen die Schultern hängen.

»Davon lassen wir uns nicht entmutigen«, sagte Grethe forsch. »Für jede Tat gibt es ein Motiv. Und wir werden es finden.«

»Wo denn?«, fragte Alma.

»Wie wär's mit dem Pfarrhaus?«, schlug Grethe vor. »Wenn es um Diakon Dreyer ging, entdecken wir dort vielleicht etwas.«

»Du meinst, der nette Pastor wollte seinen Diakon ermorden?«, fragte Alma erschrocken.

»Ich meine gar nichts«, sagte Grethe. »Nur, dass wir irgendwo anfangen müssen.«

Marijke nickte. »Grethe hat recht«, stimmte sie zu.

»Schön. Und wie willst du ins Haus kommen?«, erkundigte sich Witta.

Marijke spitzte die Lippen. »Ich muss zugeben, dass ich in letzter Zeit etwas vergesslich werde«, erklärte sie und öffnete ihre Handtasche. »Vor lauter Aufregung habe ich Pastor Brendel nur die Tabletten gegeben, die wir aus dem Pfarrhaus geholt haben. Das hier habe ich versehentlich behalten.« Sie zog ein Schlüsselbund hervor und schwenkte es.

Grethe grinste. Sie glaubte keine Sekunde, dass es sich um ein Versehen handelte.

»Also los«, sagte sie. »Worauf warten wir noch?«

8

Marijke lief mit ihren Freundinnen durch den Gemeindesaal zur Tür, nachdem sie sich in der Garderobe in ihre warmen Sachen gehüllt hatten. Ganz wohl war ihr dabei nicht.
Es war nicht in Ordnung, heimlich in das Pfarrhaus einzu-
dringen. Sich dort umzusehen, während sie im Auftrag des
Pastors etwas holten, war eine Sache, ein Einbruch eine andere.

Doch was blieb ihnen anderes übrig?

Grethe stieß die Tür auf, und die Freundinnen traten
ins Freie. Zu ihrer Überraschung hatte der Sturm irgendwann in der letzten Stunde nachgelassen. Es schneite immer noch, doch jetzt fielen die Flocken wie kleine Watte-
bäuschchen herab, legten sich sanft auf Dächer und Bäume
und bedeckten alles mit einer hübschen weißen Haube.
Die Dunkelheit senkte sich langsam über Archsum. In den
umliegenden Häusern waren die Lichter angegangen und
ließen die Schneekristalle im Dämmerlicht funkeln.

»Das ist ja wunderschön!«, rief Alma aus. »So weihnachtlich.«

»Nur die Leiche drinnen auf der Bühne passt nicht
dazu«, bemerkte Grethe.

Almas Lächeln verschwand. »Ja. Das ist eine böse Sache.«

Sie eilten um das Gemeindehaus herum zum Haus des Pastors. Marijke zog das Schlüsselbund hervor und öffnete die Tür. Sie traten sich gründlich die Schuhe ab und schlüpften dann rasch hinein. Wie beim ersten Mal zogen sie Schuhe und Mäntel aus und liefen auf Strümpfen weiter. Auf keinen Fall wollten sie verräterische Spuren hinterlassen.

Ihr erster Weg führte ins Arbeitszimmer des Pastors. Bisher hatte Grethe nur kurz in die Schubladen geschaut. Dieses Mal nahmen sie sich die Aktenordner vor, die ordentlich aufgereiht in einem kleinen Regal neben dem Schreibtisch standen. Grethe setzte sich auf den Bürostuhl und schaltete den Desktoprechner ein. Der Monitor auf dem Tisch erwachte zum Leben. Das Betriebssystem startete. Ein hübsches Bild einer verschneiten Winterlandschaft erschien, zusammen mit der Aufforderung, eine PIN einzugeben.

»Mist.« Grethe drehte sich zu den Freundinnen um. »Wann hat der Pastor Geburtstag?«

»Keine Ahnung. Vielleicht finden wir irgendwo einen Ausweis? Oder eine Geburtsurkunde?« Marijke schaute in die Schreibtischschubladen. Alma studierte die Aufschriften der Ordner. Witta, die bei ihrem ersten Besuch im Pfarrhaus nicht dabei gewesen war, stand in der Mitte des Raums und betrachtete die Bilder, die Brendel auf seinen Reisen zeigten.

»Was tust du da?«, fragte Grethe.

»Ich sehe mich um«, näselte Witta.

»Ah ja. Pass auf, dass du dich dabei nicht überanstrengst.«

Witta ignorierte die Kritik. Sie trat näher an eines der Bilder heran. »Das kenne ich«, sagte sie. »Das ist in Rom. Da war ich mal. Mit Wilhelm. Er war da auf einem Ärztekongress.«

»Das hilft uns nicht weiter«, schnitt ihr Grethe das Wort ab.

Witta hob pikiert das Kinn. »Wie du meinst.«

Alma hielt triumphierend einen der Ordner hoch. »Ich habe seine Geburtsurkunde gefunden. Vierter Juli Neunzehnhundertdreiundachtzig.«

»Vier sieben acht drei also«, sagte Grethe und tippte die Zahlen in das Feld für die PIN. Eine Textzeile erschien auf dem Monitor, die Marijke von ihrer Position aus nicht lesen konnte. Brauchte sie etwa schon wieder eine neue Brille?

»Falsch«, sagte Alma enttäuscht, die hinter Grethe getreten war. »Noch zwei Versuche.«

»Einer«, korrigierte Grethe. »Nach dem dritten falschen Versuch kommt man nicht so einfach wieder hinein. Brendel würde merken, dass wir an seinem Rechner waren.«

Die Freundinnen sahen sich ratlos an.

»Wenn wir wüssten, wann Sonja Frenz geboren ist ...«, überlegte Alma.

»Wissen wir aber nicht«, sagte Grethe.

Marijke dachte nach. »Vielleicht rückwärts?«, schlug sie vor.

Grethe nickte. »Das ist einen Versuch wert.« Sie drückte die Tasten drei, acht, sieben, vier.

Die schneeverschneite Landschaft verschwand. Stattdessen erschien der Desktop, auf dem die St. Paul-Kirche im Frühjahr zu sehen war. Rund um die Kirche herum standen die Bäume in voller Blüte. Darüber spannte sich ein herrlicher norddeutscher Himmel, helles Blau mit Schäfchenwolken, die wie gemalt aussahen.

»Heureka!«, freute sich Grethe. »Du bist genial, Marijke.«

Sie begann, sich durch die Ordner auf dem Rechner zu klicken. Alma blätterte weiter im Aktenordner.

»Ach, das ist ja verrückt!«, rief sie aus. »Brendels Vater war Bäckermeister. Hier.« Sie präsentierte den Freundinnen ein Foto, auf dem ein historisches Kaufmannshaus zu sehen war. »Bäckerei Brendel in Lübeck.«

»Macht ihn das zu einem besseren Menschen?«, fragte Witta, die nur einen flüchtigen Blick auf das Bild warf.

»Unbedingt!«, behauptete Alma. »Jemand, der jeden Morgen in aller Herrgottsfrühe aufsteht, damit seine Kunden etwas zu essen haben, ist auf jeden Fall ein guter Mensch.«

»Deswegen muss das für den Sohn noch lange nicht gelten«, konterte Witta, die den Kopf geneigt hatte und die Titel auf den Buchrücken in Brendels umfangreicher Sammlung studierte.

Grethe schob die Maus beiseite. »Er ist ein guter Mensch«, sagte sie. »Auf dem Rechner ist nur beruflicher Kram. Briefe, die er als Seelsorger geschrieben hat. Predigten für die Gottesdienste. Fotos von seinen Reisen. Er hat beim Brunnenbau in Kambodscha geholfen, bei der Einrichtung von Schulen und Kinderheimen in Südafrika, und er war Pastor in einem Hospiz in der Schweiz. Das einzige Private sind Bilder von ihm und Sonja Frenz hier auf Sylt, alle aus den letzten beiden Monaten.«

»Er ist erst vor zwei Monaten nach Archsum gekommen«, sagte Alma. »Hier, die Urkunde über seine Berufung.«

Marijke schaute auf das Dokument. »Wo war er vorher?«

»In seiner Heimatstadt Lübeck.« Alma blätterte weiter.

»Warum ist er dort weggegangen?«

Alma hielt mit betroffener Miene inne. »Seine Schwester.«

»Was ist mit der?«, fragte Witta, die in einem von Brendels Büchern blätterte.

Marijke sah Alma über die Schulter und erblickte eine Traueranzeige: Rebecca Förster, geborene Brendel, gestorben vor knapp sechs Monaten, im Alter von vierunddreißig Jahren.

»Rebecca?«, fragte Grethe, die sich wieder dem Computer gewidmet hatte. »Da gab es eine Textdatei.« Sie klickte ein paar Mal mit der Maus. Ein Dokument öffnete sich, das sie rasch überflog. »Oje.«

»Was?«

»Sie ist bei der Geburt ihres Kindes gestorben. Das hier ist die Trauerrede, die Brendel bei ihrer Beerdigung gehalten hat.«

»Und das Kind?«

»Auch tot. Hatte sich offenbar selbst mit der Nabelschnur erdrosselt.« Grethe schüttelte den Kopf. »Ich dachte immer, so etwas merkt man heutzutage rechtzeitig, mit den ganzen technischen Möglichkeiten.«

»Pannen gibt es immer wieder«, sagte Marijke.

Alma nickte mitfühlend. »Dann ist er bestimmt deswegen aus Lübeck weg.«

Witta klappte das Buch mit einem Knall zu und stellte es zurück ins Regal. »Das hier führt zu nichts, oder? Brendel hat keine schmutzige Wäsche.«

Marijke nahm an, dass sie recht hatte. Der Pastor war nach Archsum gekommen, weil er nach dem Tod seiner Schwester und ihres Kinds einen Neuanfang gewollt hatte. Er war offenbar ein engagierter Vertreter seiner Zunft, der Beruf eine Berufung. Ein Privatleben schien er bisher kaum gehabt zu haben. Sonja Frenz hatte ihm das Lachen zurückgegeben. Und nun war sie ebenfalls tot.

Marijke blinzelte. Da war noch etwas. Sie hatte es nur aus dem Augenwinkel gesehen, weil Alma bereits weitergeblättert hatte.

»Zeig mir noch mal die Berufungsurkunde«, bat sie.

Alma suchte das Dokument heraus. »Hier.«

Marijke richtete den Blick auf die Unterschrift in der rechten unteren Ecke und verspürte ein Kribbeln im Nacken.

»Der Bischof, der ihn berufen hat, heißt ebenfalls Brendel«, sagte sie.

»Ach was.« Grethe öffnete den Internetbrowser und gab den Namen ein. »Hier«, sagte sie im nächsten Moment. »Rüdiger Brendel.« Sie machte eine kleine dramatische Pause. »Jahrgang achtundfünfzig, geboren in Lübeck.«

»Dann ist das vermutlich sein Onkel«, überlegte Marijke.

»Na und?«, fragte Alma.

Witta holte tief Luft. »Ist dir nicht klar, was das bedeutet? So ein Pastorenamt auf Sylt ist sicher heiß begehrt.«

Alma machte große Augen. »Du meinst ...«

»Vetternwirtschaft!«, rief Witta. »Der Onkel hat gemauschelt, damit sein Neffe den Posten bekommt. Sonja hat das herausgefunden und ihn erpresst, und deswegen musste sie sterben.«

Zu Sonja Frenz, die offenbar hinter der schönen Fassade ein Biest gewesen war, würde das passen, dachte Marijke. Aber was könnte sie von Brendel erpresst haben? Und war das glückliche Funkeln in Sonjas Augen, das man auf den Fotos aus dem Automaten sah, wirklich nur gespielt?

»Du meinst, sie hat ihn zu der Beziehung gezwungen?«, erkundigte sich Grethe.

»Vielleicht.« Witta zupfte an ihrer Dauerwelle. »Oder sie wollte Geld. Und statt es ihr zu geben, hat er ihr das Lebenslicht ausgeblasen.«

»Ich dachte, wir waren uns einig, dass Sonja nicht das geplante Opfer war«, protestierte Alma.

»Du willst nicht einsehen, dass dem Pastor die nötige Integrität fehlt«, tadelte Witta. »Weil du ihn so nett findest. Und weil sein Vater *Bäcker* ist.«

»Es war nur eine Idee, dass der Anschlag nicht Sonja galt«, sagte Marijke rasch, ehe Witta weiter auf Alma herumhacken konnte. »Ausschließen können wir es nicht.«

Grethe schaltete den Computer aus. »Ich schlage vor, wir reden mit Brendel. Wenn er es war, finden wir das heraus.«

»Genau.« Witta war schon auf dem Weg in den Flur.

Alma stellte den Ordner zurück ins Regal. Marijke sah sich noch einmal um, ob alles so war, wie sie es vorgefunden hatten. Dann schaltete sie das Licht aus und folgte ihren Freundinnen.

Im Flur schlüpften sie in Schuhe und Mäntel und gingen hinaus in den Schnee, der jetzt sanft vom Himmel rieselte. Die Flocken schwebten in der Luft und setzten sich zart auf ihre erhitzten Wangen.

Marijke verschloss die Haustür sorgfältig und steckte das Schlüsselbund ein. Dann eilten sie alle um die Kirche herum zum Gemeindehaus. Vor dem Eingang blieben sie stehen.

»Wie machen wir es?«, fragte Grethe. »Sagen wir es ihm auf den Kopf zu? Oder versuchen wir es hinten herum?«

Marijke hörte ein seltsames Geräusch. Ein Knacken und Scharren, erst leise, dann immer lauter, als ob jemand mit einer breiten Schaufel einen stetig wachsenden Schneehaufen vor sich herschob. Allerdings war weit und breit niemand zu entdecken. Und das Geräusch kam von oben.

Sie hob den Blick und sah fassungslos, wie sich eine Schneewehe über die Dachkante neigte. Im nächsten Moment prasselten Eisbrocken und Dachziegel in einer weißen Wolke herunter.

»Achtung!« Marijke riss Alma und Grethe an den Ärmeln zur Seite. Witta machte einen Schritt zurück, stolperte über ihre eigenen Füße und landete auf dem Hosenboden. Ein Dachziegel schoss nur Zentimeter an ihrem Kopf vorbei und blieb senkrecht in einem Schneehaufen stecken.

»Ach du meine Güte!«, hauchte die Landarztwitwe.

Die Tür des Gemeindehauses wurde aufgerissen. Raphael Brendel stürzte heraus, gefolgt von den Zwillingen und Michelle Lüdke.

Der Pastor kniete sich neben Witta. »Ist alles in Ordnung mit Ihnen?«, fragte er besorgt.

Witta bewegte vorsichtig ihre Gliedmaßen. »Ja. Doch. Ich glaube schon.«

Brendel half ihr auf die Füße und stützte sie fürsorglich. »Kommen Sie. Ich bringe Sie nach drinnen, da sind Sie in Sicherheit.«

Jamie und Lennox betrachteten den Haufen aus Eisbrocken und Dachziegeln und schauten zum Dach hinauf.

»Krasser Scheiß«, sagte Jamie zu Alma, Grethe und Marijke. »Wenn Sie einen halben Meter weiter links gestanden hätten, wäre Ihnen der Kram direkt auf den Kopf gefallen.«

»Wir standen einen halben Meter weiter links«, teilte Grethe ihm mit. »Aber wir waren geistesgegenwärtig genug, uns rechtzeitig mit einem Sprung zur Seite in Sicherheit zu bringen.«

»Respekt«, lobte Jamie.

Grethe winkte ab. »Wir gehen auch rein«, sagte sie. »Bevor hier noch mehr herunterkommt.«

Michelle Lüdke drängte sich zwischen Marijke und Grethe. »Meinen Sie, das war ein Unfall?«, wisperte sie. »Oder hat der Täter versucht, Sie aus dem Weg zu räumen, weil Sie ihm so dicht auf den Fersen sind?«

»Sind wir das?«, fragte Grethe schroff. »Wir tappen doch nach wie vor im Dunkeln.«

Michelle warf ihr einen rätselhaften Blick zu. »Dann hoffen wir mal, dass der Täter das auch weiß.«

Grethe zog Marijke und Alma beiseite, als sie den Gemeindesaal betreten hatten. »Die benimmt sich komisch«, meinte sie. »Will sie wirklich nur ihre Story? Oder steckt da noch mehr dahinter?«

Alma ergriff sofort die Chance, für den Pastor in die Bresche zu springen. »Wenn der Täter in Wirklichkeit Brendel treffen wollte, könnte es eine der Frauen gewesen sein.«

»Wie kommst du darauf?«, erkundigte sich Grethe. »Die sind doch alle verknallt in ihn. Warum sollte eine von ihnen ihn umbringen?«

»Weil er nicht sie wollte, sondern Sonja Frenz«, erklärte Alma.

»Du meinst, aus Missgunst? Was die Täterin nicht haben kann, soll auch keine andere haben?«

»So etwas kommt vor, oder nicht?«

Marijke und Grethe sahen sich an. Es gab immer noch eine Menge offene Fragen.

...

»Wir gehen nicht mehr nach draußen«, sagte Marijke. »Und keine von uns hält sich irgendwo allein mit irgendjemandem aus der Gruppe auf. Wir bleiben immer wenigstens zu zweit.«

»Ja, ja.« Grethe wischte die Ermahnung mit einer ungeduldigen Geste beiseite. Sie hatten schon öfter Mörder gejagt und waren dabei fast genauso oft in Lebensgefahr geraten. Das war natürlich ein wenig leichtsinnig, doch auf der anderen Seite hielt die Aufregung sie lebendig. Und in diesem Fall schätzte Grethe das Risiko als nicht besonders groß ein. Der Täter war ein Feigling. Er mordete mit herabfallenden Gegenständen, aber er würde nicht mit dem Messer auf sie losgehen oder auf sie schießen. Sie mussten lediglich darauf achten, sich nicht unter Objekten aufzuhalten, die herunterfallen konnten.

Marijke seufzte. Sie kannten einander lange genug. Marijke wusste, dass Grethe machte, was sie wollte, und sich von Warnungen nicht aufhalten ließ, egal, wie berechtigt sie waren.

»Also«, sagte Alma. »Wie fangen wir an? Mit den Frauen? Oder mit Pastor Brendel?«

»Mit dem Pastor«, sagten Marijke und Grethe wie aus einem Mund und mussten beide lächeln.

Alma wirkte enttäuscht. »Ihr glaubt wirklich, dass er es war?«

»Nein«, sagte Marijke. »Deswegen würde ich ihn gern als Erstes ausschließen. Wenn wir sicher sein können, dass er nicht der Täter, sondern das vermutliche Opfer ist, macht es die Sache leichter.«

»Ah!« Das leuchtete Alma offenbar ein.

Marijke tauschte einen stummen Blick mit Grethe. So sicher, wie sie vorgab, war sie sich der Unschuld des Pastors offenbar nicht. Es ging ihr vor allem darum, Alma bei der Stange zu halten.

Sie gingen in die Küche, wo alle um Witta herumstanden. Die Landarztwitwe warf die behandschuhten Hände in die Luft und berichtete mit großen Gesten von dem Moment, als die Dachlawine abgegangen war.

»Ich dachte, mein letztes Stündlein hätte geschlagen!«, rief sie mit zittriger Stimme. Sie war wirklich für die Bühne geboren, dachte Grethe. Hoffentlich kam es noch zum geplanten Krippenspiel, wenn der Tod von Sonja Frenz geklärt war. Sie würden allerdings einen neuen Erzengel brauchen. Den Pastor vielleicht, sofern er dann nicht wegen Mordverdachts hinter Gittern saß.

Marijke, Alma und Grethe tauschten stumme Blicke.

»Wie kommen wir jetzt an ihn heran?«, wisperte Alma. »Wir können ihn doch nicht vor den ganzen Leuten befragen. Sollen wir warten, bis wir ihn irgendwo allein antreffen?«

»So viel Zeit haben wir nicht«, entgegnete Grethe.

»Warum? Meinst du, der Täter will fliehen?«

»Das Wetter«, sagte Grethe und deutete zum Fenster. »Der Sturm hat aufgehört, und es schneit auch kaum noch.«

An Almas Blick erkannte sie, dass die Freundin nicht begriff, worauf sie hinauswollte. Marijke dagegen schaltete sofort.

»Wenn sich die Lage bessert, kann die Straße geräumt werden, und die Polizei kommt durch.«

»Ganz genau«, sagte Grethe. »Deshalb müssen wir schnell sein. Wir wollen doch nicht, dass uns die Weihnachtsvertretung von Hauptkommissar Voss den Erfolg vor der Nase wegschnappt, nachdem wir die ganze Arbeit gemacht haben.«

»Auf keinen Fall«, sagte Alma laut, mitten in eine dramatische Pause von Wittas Bericht hinein. Alle drehten sich zu ihnen um.

Grethe machte das Beste daraus. »Pastor Brendel? Könnten wir Sie einen Moment sprechen? Unter vier Augen? Uns liegt da etwas auf der Seele.«

»Selbstverständlich.« Brendel, der neben Witta stand, tätschelte ihr die Schulter und kam zu den Freundinnen.

»Gehen wir in den Kostümraum«, schlug er vor. »Da haben wir genügend Stühle.«

»Können wir Witta allein lassen?«, fragte Alma leise.

»Klar. Bei so vielen Leuten in der Küche kann der Mörder ihr nichts tun«, flüsterte Marijke zurück.

»Sie haben eine Idee, wer es gewesen sein könnte?«, erklang die Stimme von Michelle Lüdke an Grethes Ohr. Grethe hatte keine Ahnung, von wo sie sich angeschlichen hatte.

»Nein«, sagte sie schroff.

»Was wollen Sie denn mit dem Pastor besprechen?« Die Journalistin eilte hinter ihnen her.

»Das ist privat«, sagte Grethe und versperrte ihr den Weg in den Kostümraum. Alma und Marijke schlüpften an ihr vorbei, und Grethe knallte Michelle die Tür vor der Nase zu.

»Diese Zecke«, schimpfte sie.

»Sie hat es nicht leicht«, sagte Pastor Brendel. Er zog sich einen Stuhl heran und ließ sich darauf sinken. »Ihr Chef will ihr keine Chance geben.«

»Das wissen wir«, erklärte Marijke. »Aber lästig ist es trotzdem.«

Brendel nickte müde. »Da haben Sie recht.« Er rieb sich die Schläfen und setzte sich ein wenig aufrechter hin. »Was kann ich für Sie tun?«

»Hat Sonja Frenz Sie erpresst?«, fragte Grethe. Marijke und Alma warfen ihr beide missbilligende Blicke zu, doch Grethe ignorierte sie. Wenn sie vor dem Eintreffen der Polizei fertig werden wollten, durften sie ihre Zeit nicht mit der Salamitaktik vergeuden.

Der Pastor blinzelte. »Erpresst? Ich verstehe nicht ...«

»Sonja Frenz hatte herausgefunden, dass Sie Ihren Posten hier nur aufgrund Ihrer Seilschaften bekommen haben«, warf Grethe ihm vor. »Was wollte sie? Liebe? Geld?«

Brendel presste sich die Handballen gegen die Stirn. »Von was für Seilschaften sprechen Sie?«

»Onkel Rüdiger«, half Grethe ihm auf die Sprünge.

Der Pastor kniff die Augen zusammen. »Wie kommen Sie auf meinen Onkel?«

»Sein Name steht auf der Ernennungsurkunde.«

Brendel hob die Augenbrauen. Sein Blick wanderte zu Marijke. »Sie haben mir meinen Schlüssel nicht zurückgegeben«, fiel ihm ein. Er schaute zu Grethe, dann wieder zu Marijke. »Stattdessen haben Sie ihn benutzt, um in meiner Wohnung herumzuschnüffeln.«

Marijkes spürte, wie ihr Hitze in die Wangen stieg, doch sie hielt Brendels Blick stand. »Das lässt sich leider nicht leugnen«, gab sie zu und kramte eilig das Schlüsselbund hervor. »Ich bitte vielmals um Entschuldigung. Aber besondere Umstände erfordern besondere Maßnahmen.« Sie lächelte verlegen.

Brendel nahm die Schlüssel entgegen und schob sie in die Hosentasche. »Ich fürchte, ich verstehe nicht recht ...«

»Wir wollen wissen, wer Sonja Frenz auf dem Gewissen hat«, erklärte Grethe.

Der Pastor sah sie ernst an. »Das will ich auch«, sagte er. »Ich war es nicht. Ich habe sie geliebt. Und sie hat mich nicht erpresst.«

»Wie war das dann mit Ihrem Onkel?«, blieb Grethe am Ball.

Brendel schüttelte den Kopf. »Sie sind nicht in der Kirche, stimmt's?«

»Nein. Wieso?«

Brendel lächelte müde. »Sie haben eine falsche Vorstellung davon, wie der Pastor für eine Gemeinde bestimmt wird. Das ist Sache des Kirchenvorstands, nicht der Landeskirche. Der Bischof oder der Superintendent können Vorschläge machen, aber die Entscheidung trifft der Kirchenrat, der aus gewählten Vertretern der Gemeinde besteht. Für St. Paul gab es mehrere Bewerber, und die Archsumer haben mich ausgesucht. Mein Onkel hat lediglich die Urkunde unterschrieben.«

»Gott sei Dank!«, rief Alma inbrünstig.

»Schön«, bekundete Grethe. Dass sie sich ein wenig blamiert hatte, störte sie nicht. Hauptsache, sie hatten den Sachverhalt schnell geklärt. Der Pastor hatte kein Motiv, also war er vermutlich auch nicht der Täter.

Marijke fummelte am Metallverschluss ihrer Handtasche herum. »Herr Pastor«, sagte sie. »Wir haben den Verdacht, dass der Anschlag in Wirklichkeit nicht Sonja Frenz galt, sondern Diakon Dreyer oder Ihnen.«

»Wie bitte?« Brendel starrte sie ungläubig an. »Wie kommen Sie darauf?«

»Wir haben mit allen gesprochen. Es gibt einige Personen, die ein Motiv für den Mord an Frau Frenz gehabt hätten, aber die hatten nicht die Gelegenheit, ihn auszuführen.«

»Wer bitte sollte ein Motiv gehabt haben, Sonja zu töten?«, erkundigte sich Brendel stirnrunzelnd.

Marijke berichtete von den Mobbingvorwürfen der beiden Mädchen. Der Pastor wurde blass.

»Warum sind sie damit nicht zu mir gekommen?«, fragte er fassungslos.

»Weil sie wussten, dass Sie eng mit Frau Frenz befreundet waren.«

Brendel seufzte schwer. »Das darf doch nicht wahr sein! Ich dachte, ich hätte einen guten Draht zu den jungen Leuten. Und nun habe ich ausgerechnet diejenigen im Stich gelassen, die mich am dringendsten gebraucht hätten.« Er blinzelte. »Warum, um alles in der Welt, hat sie das getan? Es passt überhaupt nicht zu ihr.«

»Eifersucht? Konkurrenz? Minderwertigkeitsgefühle?«, schlug Grethe vor.

Der Pastor zerrte an seinem Kragen. »So habe ich sie nie erlebt. Zu mir war sie nie anders als mitfühlend und verständnisvoll. Sie konnte gut zuhören, und sie hat mir die Lebensfreude zurückgegeben.« Er sah die Freundinnen offen an. »Sonja war in einer schweren persönlichen Zeit für mich da. Sie hat mir sehr geholfen.«

»Der Tod Ihrer Schwester und ihres Kindes«, sagte Alma. »Das tut uns sehr leid.«

Brendel starrte sie an. »Gibt es auch irgendetwas, das Sie nicht wissen?«

»Ja«, knurrte Grethe. »Wir wissen immer noch nicht, wer die Kurbel manipuliert hat, damit der Stern abstürzt.«

Der Pastor stand auf. Er schwankte ein wenig. »Entschuldigen Sie mich. Ich muss an die frische Luft. Dass ich mich so in einem Menschen täuschen konnte ...« Er sprach den Satz nicht zu Ende, sondern ging wie ferngesteuert auf die Tür zu. Als er sie öffnete, sahen die Häkelfreundinnen, wie Michelle Lüdke, die direkt davor gestanden haben musste, rasch ein paar Schritte rückwärts machte. Sie wirkte peinlich berührt, dass man sie beim Lauschen erwischt hatte, doch Brendel beachtete sie gar nicht. Er lief an ihr vorbei in Richtung Außentür. Michelle fing sich rasch und folgte ihm. Sie redete auf ihn ein, bekam aber keine Antwort. Brendel ging hinaus ins Freie. Michelle schlüpfte hinter ihm her. Die Tür fiel hinter den beiden ins Schloss.

Marijke wandte sich an ihre Freundinnen. »Sonja hat Brendel nicht erpresst, also hatte er auch kein Motiv für den Mord. Und Diakon Dreyer hatte ebenfalls keins. Das heißt, der Täter wollte nicht Sonja treffen, sondern Pastor Brendel oder Diakon Dreyer. Sind wir uns da einig?«

Alma und Grethe nickten.

Marijke überlegte. »Könnt ihr euch vorstellen, dass eine von den Frauen den Pastor töten wollte? Damit Sonja Frenz ihn nicht bekommt?«

Alma, die eine halbe Stunde zuvor genau diese Theorie vertreten hatte, schüttelte den Kopf. »Nein. Das sind doch alles nette und harmlose Frauen.«

»Michelle Lüdke ist nicht harmlos«, hielt Grethe ihr entgegen.

»Sie ist verzweifelt«, sagte Marijke. »Sie will unbedingt ihre Titelstory. Aber würde sie dafür morden?«

Grethe dachte darüber nach. Vielleicht war es ein Klischee, doch sie fand, dass das ganze Vorgehen nicht zu einer Frau passte. Was bedeuten würde, dass entweder Pastor Brendel oder Diakon Dreyer der Täter war. Bei Brendel hatten sie ein mögliches Motiv entdeckt, das vom Pastor allerdings entkräftet worden war. Blieb noch der Diakon.

Was wussten sie über ihn? Zu wenig, fand Grethe. Doch das ließ sich ja ändern.

»Was machen wir denn jetzt?«, fragte Alma verzagt.

Grethe erklärte es ihr.

9

Marijke hatte Bauchschmerzen mit Grethes Idee, aber sie musste zugeben, dass ihnen langsam die Verdächtigen ausgingen. Vielleicht hatte Dreyer ja wirklich ein Motiv, das sie einfach noch nicht kannten? Sie mussten es auf jeden Fall herausfinden. Der Plan, den Grethe ersonnen hatte, war nicht sonderlich ausgereift, doch auf die Schnelle war ihnen nichts Besseres eingefallen. Und sie mussten sich beeilen, wenn sie nicht wollten, dass ihnen die Polizei am Ende doch noch zuvorkam. Also hatte Marijke zugestimmt, und Alma hatte sich zum Glück bereit erklärt, den schwierigen Part zu übernehmen. Marijke war sich nicht sicher, ob sie selbst die Rolle bewältigt hätte.

Sie betraten gemeinsam die Küche und spürten sofort die angespannte Stimmung. Die Freiwilligen standen in kleinen Gruppen und unterhielten sich im Flüsterton. Amelia, Paula, Jamie und Lennox hatten sich in eine Ecke zurückgezogen, Kerstin, Michelle, Britta und Neele in eine andere. Diakon Dreyer kniete vor Witta, die mit Leidensmiene auf einem Stuhl saß, und legte ihr einen strammen Verband um den linken Fuß an. Der Organist André Strauß sah ihm zu, schien mit seinen Gedanken aber ganz weit weg zu sein.

»Ich dachte, dir fehlt nichts?«, sagte Grethe zu Witta.

Die Landarztwitwe stöhnte theatralisch. »Ja, das dachte ich auch. Aber als wir hineingegangen sind, habe ich gemerkt, dass der Knöchel wehtut.«

»Das liegt an deinen unpraktischen Schuhen.«

»Nein. Ich habe mir irgendwas gezerrt.«

»Das Außenband«, bestätigte der Diakon. »Deswegen habe ich den Fuß stabilisiert.« Er befestigte eine Klammer am Verband und erhob sich. »So. Fertig.«

»Danke«, sagte Witta. »Sie sind ein guter Mensch.« Marijke und Grethe tauschten einen kurzen Blick.

Alma ging zum Kühlschrank und holte eine Flasche Kirschsaft heraus, neugierig beäugt von Michelle Lüdke. Sie würden aufpassen müssen, damit nicht nur Almas Opfer, sondern auch die Journalistin nichts merkte.

Die Bäckerwitwe hielt die Flasche hoch. »Will jemand ein Glas?«

»Ja. Warum nicht?«, meldete sich Witta.

Alma schenkte ein und ging zu Witta hinüber. Kurz bevor sie die Freundin erreichte, stolperte sie. Der Kirschsaft ergoss sich über das taubengraue Sakko von Diakon Dreyer.

»Herrjemine!« Alma setzte eine bestürzte Miene auf. »Das tut mir ja so unendlich leid.«

»Kein Problem.« Dreyer schaute an sich herunter auf den ausgedehnten feuchten roten Fleck. Seine Miene stand in deutlichem Gegensatz zu seinen Worten.

Grethe trat forsch auf den Diakon zu. »Ziehen Sie das Sakko aus. Den Fleck haben wir im Nu rausgewaschen.«

»Nein, nein. Das ist nicht nötig«, wehrte Dreyer ab. »Ich kann kurz ins Pfarrhaus rübergehen und ...«

»Papperlapapp«, schnitt ihm die Klempnerwitwe das Wort ab. »Wir haben jahrzehntelange Erfahrung im Fleckenentfernen. Wenn Sie wüssten, was mein Mann alles an seinen Hemdsärmeln hatte ...«

Dreyer sah nicht so aus, als ob er es wissen wollte. Marijke sprang Grethe zur Seite, und gemeinsam nötigten sie den Diakon, das Sakko auszuziehen.

»Wir sind gleich wieder da«, erklärte Grethe und öffnete die Küchentür. Marijke folgte ihr.

»Ich komme mit!«, rief Alma. »Schließlich war es meine Schuld. Es ist nur recht und billig, wenn ich mich darum kümmere, dass der Fleck wieder rausgeht.«

Witta, die ihren bandagierten Fuß auf einen Hocker gelegt hatte, sah ihnen beleidigt hinterher. Selbst schuld, dachte Marijke. In ihrem Zustand konnte sie eben nicht auf Verbrecherjagd gehen.

»Ist es in der Tasche?«, fragte Alma, als sie die Tür hinter sich geschlossen hatten.

»Ja.« Grethe zog Dreyers Smartphone aus der Sakkotasche. »Genau, wie ich es mir gedacht hatte.«

»Kommt.« Marijke winkte den beiden. »Wir gehen in den Waschraum. Dorthin kann uns Dreyer nicht folgen. Und der Fleck muss auch ausgewaschen werden.«

Sie liefen durch den Gemeindesaal zu den Toiletten. Grethe holte eine Rolle Papier aus einer der Kabinen und tupfte den Saft ab. Anschließend gab sie reichlich Handseife auf den Fleck und walkte ihn. Die Seife verband sich mit dem Kirschsaft und schäumte rot auf. Alma fischte ein kleines Handtuch aus ihrer pinkfarbenen Handtasche und reichte es Grethe. Die Klempnerwitwe rubbelte emsig über den Fleck. Nach einer Weile nickte sie zufrieden, spülte mit klarem Wasser nach und hielt das Sakko hoch, um das Ergebnis zu betrachten. Marijke war verblüfft. Der rote Fleck war tatsächlich verschwunden.

»Prima.« Grethe legte das Sakko zum Trocknen über die Heizung. »Dann können wir uns jetzt um das Handy kümmern.«

Sie hatten Glück. Das Smartphone war eingeschaltet, genau wie das von Sonja Frenz, und ebenso wie beim Handy der Jugendgruppenleiterin ließ sich die Displaysperre mit dem Muster knacken, das sich als Fingerspur auf dem Display abzeichnete.

»Was soll an einem solchen Muster sicher sein?«, erkundigte sich Grethe verständnislos und scrollte durch Dreyers Apps.

Viele waren es nicht. Der Diakon war offenbar nicht Social-Media-affin. Die Liste der Telefonkontakte war kurz, der E-Mail-Eingang übersichtlich. Deshalb fanden sie die Mail auch binnen Sekunden. Grethe öffnete sie, und Alma und Marijke beugten sich über das Handy, um mitzulesen.

»Ach du liebe Güte!«, stieß Alma gleich darauf hervor. »Du hattest recht, Grethe.«

»Womit denn?« Michelle Lüdke stand in der Tür zum Waschraum und musterte die Freundinnen neugierig.

»Dass man Saftflecken hervorragend mit Handwaschlotion beseitigen kann«, sagte Marijke geistesgegenwärtig, während Grethe Dreyers Smartphone in der hinteren Tasche ihrer Jeans verschwinden ließ.

»So?« Michelle sah aus, als glaubte sie ihnen kein Wort. »Na, dann könnt ihr Dreyer das Sakko ja zurückbringen.«

»Das machen wir.« Grethe schnappte sich die Anzugjacke.

Alma zupfte Michelle am Ärmel. »Meinst du, dein Chef lässt dich einen Artikel über den Tod von Sonja Frenz schreiben?«

Michelle wandte ihr den Kopf zu. »Das hoffe ich«, sagte sie inbrünstig.

Grethe nutzte den Moment, um Dreyers Handy wieder in der Sakkotasche verschwinden zu lassen. Michelle bekam nichts davon mit.

»Was machen wir jetzt?«, wisperte Alma, während sie Michelle zurück zur Küche folgten. »Wir haben ein stichhaltiges Motiv, aber nicht den kleinsten Beweis.«

»Wir brauchen ein Geständnis«, sagte Grethe, die eifrig mit dem Sakko wedelte, um die nasse Stelle zu trocknen.

»Und wie sollen wir das bekommen?«

»So wie in den Agatha-Christie-Romanen bei Miss Marple«, schlug Marijke vor. »Wir versammeln alle Anwesenden unterm Tannenbaum und legen dar, was wir herausgefunden haben, und dann hoffen wir, dass der Täter einknickt und gesteht.«

»Meinst du, das funktioniert?«, fragte Grethe skeptisch.

»Ich weiß es nicht«, gab Marijke zu. »Aber was sollen wir sonst tun?«

»Okay«, stimmte Grethe zu. »Einen Versuch ist es allemal wert.«

Michelle Lüdke drehte sich in der Küchentür um. »Was denn?«

Marijke winkte sie zu sich heran.

»Wir haben einen Plan, wie wir den Mörder von Sonja Frenz überführen können«, flüsterte sie so laut, dass nicht nur Alma und Grethe, sondern alle in der Küche sie mühelos verstehen konnten. »Das könnte das Sprungbrett für Ihre weitere journalistische Karriere sein. Sie berichten exklusiv, wie ein paar alte Frauen in einer Kirchengemeinde einen ungewöhnlichen Mordfall geklärt haben.«

Michelle biss an. »Und wie?«

»Wir haben das Motiv gefunden«, sagte Marijke. »Und den ultimativen Beweis.«

Letzteres war natürlich eine Lüge. Aber das musste ja niemand wissen.

10

Die Ankündigung hatte nicht nur Michelle Lüdke elektrisiert, sondern sämtliche Anwesende. Jamie und Lennox sausten los und bauten um den Tannenbaum herum einen Stuhlkreis auf. Auf diese Weise saßen alle mit dem Rücken zur Bühne und so weit wie möglich davon entfernt. Niemand wollte auf den abgedeckten Leichnam von Sonja Frenz schauen, auch wenn sie diejenige war, um die es ging.

Alma und Marijke bauten sich vor dem Baum auf. Witta saß mit den anderen in der Runde, den bandagierten Fuß auf einem weiteren Stuhl hochgelegt. Grethe kam mit geröteten Wangen von draußen hereingehastet und gesellte sich zu den Freundinnen. Die dicke blaue Jacke warf sie achtlos auf einen der Stühle und stopfte die Wollmütze in die Jackentasche.

»Hast du gefunden, was du gesucht hast?«, erkundigte sich Marijke, die Grethes Erklärung, warum sie kurz zum Wagen müsse, nicht richtig verstanden hatte.

»Ja.« Die Klempnerwitwe strahlte und gab ihr die Autoschlüssel zurück. »Alles in bester Ordnung.«

Diakon Dreyer nahm sein gereinigtes Sakko in Augenschein und nickte den Freundinnen anerkennend zu. Keine Spur mehr vom Kirschsaft. Er hängte es zum Trocknen über die Stuhllehne und versicherte sich mit einem schnellen Griff, dass sein Smartphone an Ort und Stelle war. Grethe blinzelte Marijke heimlich zu.

Marijke hob die Hand und wartete, bis sich das Getuschel gelegt hatte.

»Also, raus damit!«, rief Michelle. »Wo ist euer ultimativer Beweis?«

»Nun«, sagte Marijke. »Damit wir alle verstehen, was passiert ist, sollten wir ganz am Anfang beginnen. Vielleicht ist nicht jeder über alle Einzelheiten im Bilde?«

»Wir dachten ja, so eine Weihnachtsveranstaltung in der Kirche sei eine besonders schöne Sache«, steuerte Grethe bei. »Stattdessen mussten wir feststellen, dass es überall Missgunst, Neid und dunkle Geheimnisse gibt.«

»Gleich beim ersten Treffen wurde die Kollekte gestohlen«, griff Alma den Faden auf. »Und nicht nur das. Auch das Rezept für die Vanillekipferl und das Strickmuster waren plötzlich verschwunden.«

»Zunächst dachten wir, diese Vorfälle würden zusammenhängen«, übernahm Marijke wieder. »Das war eine harte Nuss, die wir knacken mussten.« Sie öffnete ihre Handtasche und zog die zusammengefalteten Blätter heraus. Mit einem Lächeln gab sie das eine davon Kerstin Kuntz.

Die blond gelockte Hausfrau entfaltete es und stieß einen spitzen Schrei aus. »Mein Rezept!«, rief sie. »Oh, danke, danke, danke! Wo habt ihr das gefunden?«

»In der Handtasche von Sonja Frenz.«

Marijke sah, wie es in Kerstins Hirn klackerte. »Sonja? Sie hat mir das Rezept gestohlen? Aber warum?«

»Damit du ihr beim Backwettbewerb nicht die Show stiehlst. Das war deine Chance, dir die Aufmerksamkeit von Pastor Brendel zu sichern.«

Der Pastor runzelte die Stirn. »Das ist doch Unsinn.«

»Finden Sie?« Grethe nahm Marijke das zweite Blatt aus der Hand und gab es Britta Nanninga.

»Mein Strickmuster!«, rief die Kindergärtnerin überrascht. »Hatte das auch Sonja gestohlen?«

»So ist es. Sie wollte euch ausbooten«, erklärte Grethe.

»Das ist doch albern«, beharrte der Pastor.

»Wer liebt, tut oft alberne Dinge«, sagte Grethe.

»Aber wie konnte sie glauben, dass das nötig wäre?«, fragte Brendel verständnislos. »Sie wusste doch, dass ich sie liebe.«

Kerstin und Britta machten lange Gesichter, und auch die Mienen von Neele Hintz und Michelle Lüdke waren enttäuscht. Auch wenn es keine der Frauen zugeben würde – sie hatten sich alle Hoffnungen gemacht.

»Und jetzt glaubt ihr, eine von uns hätte Sonja getötet, damit sie uns nicht länger im Weg steht?«, fragte die Journalistin scharf. »Ist das euer ultimativer Beweis?« Sie zeigte auf die beiden Blätter.

»Nein. Zugegeben, am Anfang haben wir diese Möglichkeit in Betracht gezogen«, erklärte Marijke. »Aber dann fanden wir doch, dass das als Mordmotiv zu dünn ist.«

»Na, was für ein Glück«, schnaubte Michelle.

Britta Nanninga warf ihr einen tadelnden Blick zu.

»Zumindest haben die Damen überhaupt etwas herausgefunden. Du bist doch angeblich so eine tolle Journalistin. Warum hast du das Diebesgut nicht aufgespürt? Und wieso wusstest du nicht, dass Sonja mit Pastor Brendel liiert war?«

»Das wusste keiner!«

André Strauß hätte sie korrigieren können, zog es aber vor zu schweigen. Seine Finger bewegten sich, als würde er auf einem unsichtbaren Klavier spielen.

»Warum eigentlich?«, wandte sich Michelle an Brendel. »Wieso haben Sie die Liaison mit Ihrer Jugendgruppenleiterin geheim gehalten? Verboten ist es doch in Ihrer Kirche nicht.«

»Aber auch nicht gern gesehen«, erklärte Brendel. »Beziehungen am Arbeitsplatz sind immer heikel. Und nachdem ich die Stelle gerade erst neu angetreten hatte, wollte ich nicht gleich für Konflikte sorgen.«

»Und Sie wollten die anderen Damen nicht vor den Kopf stoßen, richtig?«, mutmaßte Alma.

Brendel schnitt eine traurige Grimasse. »Das auch.«

»Damit hätten wir also das Rätsel um das gestohlene Rezept und das Strickmuster gelöst«, meldete sich Witta aus der ersten Reihe zu Wort.

»Und die Kollekte?«, fragte Michelle. »War das auch Sonja?«

»Also bitte«, empörte sich Brendel. »Sonja hat gut verdient. Die paar Euro aus der Kollekte brauchte sie nicht.«

Die anderen sahen die Häkeldamen gespannt an.

»Er hat recht«, bestätigte Marijke. »Die Kollekte, das waren Jamie und Lennox. Obwohl sie das Geld ebenfalls nicht nötig hätten.«

Brendel musterte die Zwillinge. »Ich bin wirklich enttäuscht von euch.«

»Das Geld ist aber wieder da«, fügte Grethe eilig an. »Sie haben es heute Morgen in die Kollekte getan.«

»Das lässt sich ja wunderbar nachprüfen!«, ätzte Diakon Dreyer.

»Sagen Sie uns lieber, warum Sie den Diebstahl gedeckt haben«, forderte Grethe ihn auf. »Anstatt die Sache offenzulegen und den Jungs ordentlich auf die Finger zu klopfen.«

»Du hast es gewusst?«, wunderte sich Brendel.

»Ich wollte, dass sie es wiedergutmachen, indem sie beim Krippenspiel mitwirken«, entschuldigte sich Dreyer. »Und natürlich sollten sie das Geld zurückzahlen. In den Briefkasten, damit man es kontrollieren kann.«

»Sie hatten Angst, dass man sie dabei sieht. Sie wollten nicht erwischt werden«, erklärte Alma.

Brendel massierte sich die Schläfen. »So viel Falschheit!«, stöhnte er.

Dreyer schnaubte. »Du selbst wolltest den Dieben eine Brücke bauen, anstatt die Polizei einzuschalten.«

Brendels Miene wurde ärgerlich. »Weil ich wollte, dass sie ihr Handeln als falsch erkennen. Dass sie aufrichtig bereuen, damit sie zurück auf den rechten Weg geführt werden können. Ich wollte sicher nicht, dass zu den kleinen Sünden noch größere dazukommen, und das auch noch von einem Mann Gottes.«

Dreyer senkte beschämt den Kopf. »Es tut mir leid, Raphael. Ich habe nicht richtig nachgedacht. Ich wollte einfach nur, dass sie begreifen, was sie angerichtet haben.«

»Das haben wir ja!«, rief Jamie. »Wir haben aufrichtig bereut und Buße getan!«

»Ach ja?« Grethe funkelte ihn an. »Und was war mit dem Sand im Stern von Bethlehem?«

Der Pastor blinzelte. »Ihr wart das? Ihr habt den Stern präpariert? Aber warum? Was hat Sonja euch getan?«

»Sie wollten nicht Sonja treffen, sondern Diakon Dreyer. Das heißt, treffen wollten sie ihn gar nicht, sondern ihm den Stern vor die Füße fallen lassen. Eine kleine Rache für seine Erpressung«, erklärte Grethe.

»Wie können Sie das so seelenruhig sagen?«, fuhr André Strauß auf. »Wegen dieser Übeltäter ist Sonja tot!« Sein Gesicht hatte sich gerötet. Er sah aus, als würde er den beiden Jungen am liebsten die Hälse umdrehen.

»Jamie und Lennox haben die Voraussetzungen für die Tat geschaffen, das ist richtig«, bestätigte Marijke. »Aber sie haben sie nicht ausgeführt.«

»Das würde ich an ihrer Stelle auch behaupten«,

schimpfte Diakon Dreyer. »Den beiden traue ich alles zu.«

»Wir waren es nicht!«, rief Lennox.

»Die Zwillinge hatten kein Motiv, Sonja Frenz etwas anzutun«, erklärte Marijke. »Jemand anders dagegen schon.« Sie berichtete vom Mobbing gegen Amelia und Paula und von der unerwiderten Liebe des Organisten André Strauß, der von Sonja gedemütigt worden war.

Auf Pastor Brendels Gesicht zeichnete sich Entsetzen ab. »Das kann nicht sein«, murmelte er. »So war sie doch nicht.«

»Doch. Genau so war sie«, sagte Amelia. »Ein Biest mit einer hübschen Fassade.«

Brendel schüttelte den Kopf. »Dass man sich so in einem Menschen täuschen kann.«

»Ja. Das sollte Ihnen zu denken geben«, bemerkte Grethe. »Zumal Sonja nicht der einzige Mensch war, in dem Sie sich getäuscht haben.«

»Was soll das nun wieder bedeuten? Wollen Sie sagen, André ist der Täter? Oder eines der Mädchen?«

»Nein.« Alma Grieger lächelte. »Tatsächlich hat keines der Motive, die wir gefunden haben, zum Täter geführt. Weil Sonja Frenz gar nicht das geplante Opfer war.«

Alle Anwesenden sahen sie ratlos an.

»Wer denn dann?«, fragte Kerstin Kuntz, während Michelle Lüdke zugleich fauchte: »Das heißt, Sie wissen überhaupt nichts? Sie wollen sich nur wichtigmachen?«

»Falsch«, konterte Grethe. »Wir wissen, wer das Opfer sein sollte. Und wir kennen den Täter.«

»Da bin ich aber gespannt«, sagte die Journalistin.

»Es ist eigentlich ganz einfach«, erklärte Marijke. »Erinnern Sie sich an die Szene, die gespielt wurde, bevor der Stern abstürzte?«

»Ich stand mit ihr auf der Bühne!«, rief Witta. »Maria und der Erzengel Gabriel!«

»Richtig. Der Stern ist ein wenig zu spät heruntergefallen«, bestätigte Grethe. »Diakon Dreyer hat mehrfach versucht, Sonja auf ihre Position zurückzuschicken. Sie sollte sich nicht unter dem Stern aufhalten.«

»Sondern ich!«, brauste der Diakon auf. »Der Erzähler steht direkt unter dem Stern.«

»Sie haben aber nicht dort gestanden«, merkte Witta an. »Sondern Pastor Brendel, der für Sie eingesprungen ist.«

Dreyer schoss von seinem Stuhl hoch. »Das konnte der Täter nicht wissen!«, rief er. »Der Stern sollte mich treffen.«

Marijke sah ihn unverwandt an. »Unsere Nachforschungen haben zu einem anderen Ergebnis geführt«, widersprach sie.

Die Augen der Anwesenden sprangen zwischen Brendel, Dreyer und den Häkelfreundinnen hin und her wie bei einem Tennismatch. Einigen hatte es die Sprache verschlagen. Die anderen redeten aufgeregt durcheinander.

Der Pastor stand auf und hob die Hände. »Moment!«, forderte er mit der Stimme des Predigers, die mühelos durch den ganzen Raum trug und alle anderen zum Verstummen brachte. »Sie sind also der Ansicht, der Stern hätte mich treffen sollen?«

Marijke und ihre Freundinnen nickten.

»Aber warum?«

»Zuerst dachten wir, die Täterin könnte eine von den Freiwilligen gewesen sein«, erzählte Marijke. »Weil sie Sonja nicht gönnen wollten, was sie selbst nicht haben konnten.« Sie wehrte ab, ehe eine der vier Frauen protestieren konnte. »Aber wir haben rasch begriffen, dass das nicht zu ihnen passt. Es wäre auch vollkommen unverhältnismäßig. Nein, der Mörder hatte einen triftigeren Grund.« Sie sah Dreyer auffordernd an. »Ihr Diakon kann Ihnen das am besten selbst erklären.«

Dreyers Augen waren fast schwarz vor Wut. »Das ist eine unverschämte Unterstellung.«

Alma lächelte. »Wir haben die Mail gelesen.«

Dreyer schnaufte. »Welche Mail?«

»Die Mitteilung des Superintendenten, dass man Ihre Bewerbung für die Pastorenstelle hier in Archsum nicht berücksichtigt und dem Gemeinderat nicht zur Auswahl vorgelegt hat«, sagte Marijke.

Pastor Brendel wurde blass. »Du hast dich auf meine Stelle beworben?«

»Ich habe mich auf *diese* Stelle beworben!«, fauchte

Dreyer. »Jahrelang habe ich geschuftet und mich hier engagiert. Habe zusätzliche Seminare besucht und mich für das Pastorenamt qualifiziert. Der Gemeinderat hatte mir versichert, dass man meine Bewerbung mit großem Wohlwollen prüfen würde. Aber wenn sie gar nicht erst vorgelegt wird, nützt einem der Rückhalt in der Gemeinde überhaupt nichts.«

»Das wusste ich nicht«, stammelte Brendel.

»Nein? Hat dir dein Onkel nicht gesagt, was er für dich getan hat?« Dreyer sah die Frauen an. »Falls Sie es nicht wissen: Sein Onkel ist der zuständige Bischof.«

»Das ist nicht wahr«, sagte Brendel. »Ich meine, es stimmt, dass er Bischof ist. Aber er hat nicht für mich gemauschelt. Er hat sich gar nicht selbst um das Verfahren gekümmert, sondern den Superintendenten darum gebeten. Der hat ein paar Kandidaten ausgesucht und die Bewerbungen dem Gemeinderat vorgelegt.«

»Wie auch immer«, kürzte Grethe die Diskussion ab. »Jedenfalls liegt hier das Mordmotiv. Pastor Brendel sollte sterben, weil Diakon Dreyer ihm die Stelle nicht gönnt.«

Brendel sank zurück auf seinen Stuhl. Sofort waren Kerstin, Neele und Britta bei ihm, um ihn zu trösten.

Grethe musterte den Diakon. »Sie haben den Keil gelockert, als Sie die Markierungen für die Position der Darsteller neu festgeklebt haben, richtig? Da haben Sie anschließend einen kleinen Schlenker gemacht, genau an der Befestigungskurbel für das Bühnenbild vorbei. In dem

Moment habe ich mir nichts dabei gedacht. Erst im Nachhinein ist es mir wieder eingefallen, als wir erkannt haben, dass Sie der Täter waren. Es kann gar nicht anders gewesen sein.«

Dreyer sah die Klempnerwitwe von oben herab an. »Das ist eine hübsche Theorie. Aber Sie haben nicht den geringsten Beweis dafür.«

Witta winkte ab. »Den wird die Polizei erbringen. Irgendetwas findet sich immer.«

»Die Polizei wird überhaupt nichts finden.« Dreyer war mit ein paar schnellen Schritten bei der Krippe mit den Geschenken, die neben dem Baum stand. Er schaufelte die bunt verpackten Kartons heraus, griff nach dem Stroh und verteilte es am Fuß des Christbaums.

Marijke und ihre Freundinnen tauschten irritierte Blicke. War der Diakon jetzt vollkommen durchgedreht?

Im nächsten Moment überschlugen sich die Ereignisse. Dreyer hatte plötzlich ein Feuerzeug in der Hand. Er setzte das Stroh unter dem Baum in Brand, führte die Flamme am silberglänzenden Engelshaar entlang und hielt das Feuerzeug an die dichten Nadeln einiger tiefhängender Zweige. Kurz breitete sich ein angenehm harziger Geruch im Raum aus. Dann quoll ihnen dichter weiß-grauer Qualm entgegen, der nach verbranntem Kunststoff stank.

Alle sprangen von ihren Plätzen. Jamie flitzte zum Feuerlöscher, riss ihn aus der Verankerung an der Wand, zog im Laufen den Sicherungsbügel ab und richtete den

Strahl auf die brennenden Äste. Sein Bruder stürzte in die Werkstatt und kam gleich darauf mit einer großen Metallplatte zurück, die er auf das brennende Stroh am Boden drückte, um die Flammen zu ersticken. Das Metall wurde offensichtlich schnell heiß. Lennox ließ die Platte fallen. Er zog die Ärmel seines Hoodies in die Länge und umwickelte seine Hände damit. Dann hob er die Platte wieder auf und kämpfte weiter gegen die Flammen.

»Löschkette!«, rief Pastor Brendel und dirigierte die Frauen und Mädchen in Richtung Küche. »Macht sämtliche Gefäße voll, die ihr finden könnt, und dann stellt euch in einer Reihe auf und reicht sie immer weiter. Paula, du sammelst am Ende die leeren Gefäße ein und bringst sie zurück in die Küche, und dann geht die Sache von vorn los.«

Alma und Grethe reihten sich sofort in die Schlange ein. Witta dagegen humpelte mit schreckensbleichem Gesicht in Richtung Ausgang. »Wir müssen hier raus!«, jammerte sie. »Wir bekommen alle eine Rauchvergiftung.«

Brendel zog sie von der Tür weg. »Setzen Sie sich lieber in die Küche. Wir dürfen keine Fenster und Türen öffnen, damit das Feuer nicht weiter angefacht wird.«

Marijke war beeindruckt, wie ruhig und besonnen der Pastor agierte. Sie wollte ebenfalls helfen, doch irgendjemand musste sich auch um den mörderischen Diakon kümmern. Noch während sie diesen Gedanken hatte, sah sie, dass es bereits jemand tat.

André Strauß stürmte hinter Dreyer her, der an der Wand des Gemeindesaals entlanglief und die Dekoration in Flammen setzte. »Du Schwein!«, keuchte er. »Du hast Sonja ermordet.«

Die Feuerzeugflamme erlosch, offenbar war das Gas leer. Dreyer warf das Feuerzeug beiseite und schnappte sich einen Stuhl, den er wie ein verrückt gewordener Hammerwerfer herum schwang. »Bleib mir vom Leib, du liebeskranker Idiot!«, herrschte er den Organisten an.

Doch Strauß schien mittlerweile alles egal zu sein. Ohne sich um die eigene Sicherheit zu kümmern, ging er auf den Diakon los.

Dreyer ließ sich davon nicht beeindrucken. Mit einer schnellen Drehung schlug er dem Organisten den Stuhl gegen den Kopf.

Strauß erstarrte mitten in der Bewegung. Er kippte zur Seite und blieb reglos auf dem Boden liegen, das lange blonde Haar in unmittelbarer Nähe eines brennenden Knäuels Engelshaar. Marijke stieg bereits der beißende Geruch in die Nase.

»Schnell! Sie müssen ihn da wegziehen, bevor er Feuer fängt!«, rief sie Dreyer zu.

»Machen Sie das doch«, gab der Diakon zurück. »Ich muss mich leider verabschieden.« Er warf Marijke den Stuhl vor die Füße und lief zum Ausgang. Als er die Tür öffnete, fachte der Luftzug die Flammen an. Das Prasseln und Dröhnen wurde noch lauter. Marijke war froh, als die

Tür gleich darauf ins Schloss fiel und kein weiterer Sauerstoff hereinströmte.

Sie zögerte nur kurz. Dann beugte sie sich zu Strauß hinunter, griff nach seinen Füßen und zog. Den Diakon würde sie ohnehin nicht einholen. Er war jünger und schneller als sie, und André Strauß brauchte sofort Hilfe. Aber so schmächtig der Organist auch war, er war schwer, und Marijke gelang es nicht, ihn von den Flammen wegzuzerren.

Im nächsten Moment tauchte eine Gestalt neben ihr auf. Pastor Brendel fasste mit an, und gemeinsam zogen sie Strauß aus der Gefahrenzone.

Die Löschkette lieferte die ersten Wassergefäße an, doch sie sahen schnell, dass sie gegen Windmühlen kämpften. Der Löschschaum, das Wasser aus der Küche, Lennox' Bemühungen mit der Metallplatte – nichts davon konnte etwas gegen die Flammen ausrichten, die an der riesigen Tanne empor züngelten. Ein paar Minuten nur, dann gaben alle ihre Bemühungen auf und starrten auf den Baum, der wie eine riesige Fackel brannte.

Die Flammen fraßen sich auch durch die Plastikschnüre, mit denen sie den Christbaum gesichert hatten. Der Stamm krümmte sich im Feuer, und der gesamte Baum neigte sich nach vorn.

»Raus!«, brüllte Pastor Brendel. »Alle raus hier!«

Witta, die durch die geöffnete Küchentür das Geschehen beobachtet hatte, humpelte zu den anderen. Jamie und

Lennox halfen André Strauß auf, der immer noch benommen war, und schleppten ihn zur Außentür. Der Rest der Gruppe folgte eilig.

Brendel drückte die Klinke hinunter – und erstarrte. »Er hat abgeschlossen!«, rief er fassungslos. Er durchsuchte seine Hosentaschen, schüttelte aber gleich darauf den Kopf. »Jacob hat mir die Schlüssel weggenommen.«

»Was ist mit der Tür auf der anderen Seite?«, fragte Alma.

Brendel hastete quer durch den Saal, an der Bühne vorbei, und rüttelte an der Türklinke. »Verschlossen.« Mit ratloser Miene und hängenden Schultern kam er zu den anderen zurück.

»O mein Gott!«, jammerte Witta. »Wir werden alle sterben!«

»Werden wir nicht.« Grethe drängte sich resolut nach vorn und zog ihr Taschenmesser hervor. »Das ist ja nur ein uraltes Schloss, nicht so ein modernes Sicherheitsding.« Sie klappte ein dünnes Instrument heraus und stocherte einige Augenblicke damit im Schloss herum. Dann schwang die Tür auf. Ein Schwall frischer Luft wehte herein. Hinter ihnen zischten die Flammen. Das Feuer prasselte. Die ganze Gruppe drängte nach draußen.

Das Schneetreiben hatte aufgehört. Der Ort lag im Dunkeln. Hinter einigen Fenstern schimmerte gelbliches Licht. Am Firmament glitzerten die Sterne, und ein leichter Wind trug den Salzgeruch der Nordsee heran. Es war eine dieser wunderschönen Winternächte, wie es sie nur auf Sylt gab. Marijke konnte kaum fassen, dass zugleich direkt hinter ihnen ein Inferno wütete.

Alma hielt ihr Handy mit der rosafarbenen Häkelhülle hoch. »Die Feuerwehr ist schon unterwegs. Der Löschzug wird gleich hier sein.«

»Ein Glück.« Pastor Brendel, der nur Hemd und Hose trug, schlang fröstelnd die Arme um den Oberkörper. Eine feuchte Locke hing ihm ins rußgeschwärzte Gesicht.

Auf dem Kirchenvorplatz flammte ein Autoscheinwerfer auf.

»Das ist Dreyer!«, rief Michelle Lüdke. »Er haut ab.«

»Der kommt nicht weit«, erklärte Grethe.

Die ganze Gruppe lief auf den Wagen zu. Es war ein schwarzer Audi, der Kastenform nach zu urteilen ein älteres Modell. Er nahm Fahrt auf, fing jedoch gleich darauf an zu schlingern, und im nächsten Moment sah Marijke auch, warum. Der linke Vorderreifen war platt. Nein, nicht nur der linke Vorderreifen. Alle vier Reifen hatten offenbar keine Luft mehr.

Sie blieb stehen und schaute zu Grethe. Ihr fiel wieder ein, dass die Freundin vor dem großen Finale kurz nach draußen gegangen war. »Wie hast du das gemacht?«

»Linsen«, sagte die Klempnerwitwe. »Davon gibt es in der Küche reichlich. Diese kleine harte Sorte eignet sich besonders gut. Damit kann man einfach das Ventil einklemmen, dann geht die Luft ganz von alleine raus.«

»Woher weißt du so was?«, fragte Alma bewundernd.

»Internet«, entgegnete Grethe lakonisch. »Da gab es neulich einen Artikel, wie man SUV mit Linsen bekämpft ...« Sie sah zu Dreyers Wagen. »Es funktioniert aber auch mit anderen Autos.«

Der schwarze Audi kam schlingernd zum Halten. Dreyer stieg aus und starrte der Gruppe entgegen, die auf ihn zulief. Dann drehte er sich um und hastete in die andere Richtung davon.

Am Ende der Straße tauchte ein weiteres Scheinwerferpaar auf. Dreyer blieb geblendet im Lichtkegel stehen. Der Wagen stoppte. Die Türen wurden aufgerissen. Ein Mann und eine Frau sprangen heraus und richteten ihre Waffen auf Dreyer.

Marijke erkannte die Frau. Es war Hannah Behrends, die Kollegin von Jonas Voss, der mit Kari in Kiel Weihnachten feierte. Der Mann war vermutlich Jonas' Urlaubsvertretung.

Die Beamten legten Dreyer Handschellen an und verfrachteten ihn auf die Rückbank ihres Wagens. In der Nähe wurden Sirenen laut, und dann fuhren auch schon die Feuerwehrwagen auf den Kirchenvorplatz. Die Männer und Frauen in den schwarzen Schutzanzügen mit den gelben Leuchtstreifen entrollten ihre Schläuche und stürmten ins Gemeindehaus. Marijke und ihre Freundinnen hörten gebrüllte Anweisungen. Durch die Fenster des Gemeindehauses war ein rötlich flackernder Lichtschein zu sehen.

Eine Weile lang herrschte hektische Betriebsamkeit. Dann kam der Einsatzleiter zu den Kommissaren.

»Das Feuer ist unter Kontrolle«, berichtete er. »Der Baum ist hin, und der Gemeindesaal hat ein wenig Schaden genommen, doch die Substanz ist erhalten geblieben. Da wird einiges renoviert werden müssen, aber bis nächstes Jahr zu Weihnachten sollte alles wieder in Ordnung sein.« Er deutete hinter sich. »Ich weiß nicht, ob man euch darüber informiert hat? Auf der Bühne liegt eine Frauenleiche unter einem Tuch. Wir haben die Flammen zum Glück stoppen können, bevor sie die Tote erreicht haben.«

»Ja. Deswegen sind wir hier. Und den Mörder haben wir auch schon.« Hannah Behrends schüttelte dem Feuerwehrmann die Hand und wandte sich dann an Marijke und ihre Freundinnen. »Und jetzt noch mal von vorn«, sagte sie. »Frau Grieger hat mir am Telefon ja schon einiges berichtet, aber ich habe höchstens die Hälfte der Geschichte verstanden.«

»Ach, das ist eigentlich ganz einfach«, erklärte Grethe. »Diakon Dreyer – der Mann, den Sie gerade verhaftet haben – wollte gerne Pastor hier in Archsum werden, aber die Stelle hat Pastor Brendel bekommen. Dreyer wollte ihn deshalb ermorden, hat jedoch stattdessen die Jugendgruppenleiterin Sonja Frenz erwischt. Und als er gemerkt hat, dass wir ihm auf die Schliche gekommen sind, wollte er uns alle töten. Er hat den Baum angezündet und uns im Gemeindehaus eingesperrt.«

Der Kommissar, der Hannah begleitete – jung und mit vor Kälte geröteten Wangen – starrte Grethe ungläubig an. Hannah Behrends, die sie alle schon seit Jahren kannte, nickte nur.

»Da haben Sie ja schon die ganze Arbeit erledigt«, sagte sie. »Wir müssen nur noch ein ausführliches Protokoll aufnehmen.«

»Warum kommen Sie nicht alle mit hinüber ins Pfarrhaus?«, schlug Pastor Brendel vor. »Ich koche uns einen schönen Tee, und dann versuchen wir, diesen turbulenten Tag zu verdauen.«

Die Umstehenden stimmten zu. Es würde eine Weile dauern, bis sie all die schrecklichen Dinge realisiert hatten, die geschehen waren, und noch viel länger, bis sie gelernt haben würden, damit umzugehen. Doch zumindest konnten sie es gemeinsam tun und einander beistehen, konnten sich gegenseitig Trost und Halt geben.

Der junge Kriminalbeamte brachte Pastor Brendel die Kirchenschlüssel zurück, die er Dreyer abgenommen hatte, und fuhr mit dem Diakon nach Westerland, um ihn der Justiz zu übergeben. Hannah gesellte sich zu Marijke und ihren Freundinnen.

Der Schnee begann leise wieder zu rieseln, als sie dem Pastor zu seinem Haus folgten. Oben am Firmament blinkte ein Stern, und eine Sekunde lang glaubte Marijke, einen langen silbernen Schweif zu sehen, der sich über den Himmel zog.

Es war kein Kind geboren worden, aber sie hatten das Böse besiegt und der Kirchengemeinde von Archsum ihren Frieden zurückgebracht. Jetzt konnten sie Weihnachten feiern!

DANK

Ich danke Reinhard Rohn und allen anderen beim Aufbau Verlag, die Kari Blom und den Häkeldamen eine Heimat gegeben und es ermöglicht haben, dass die Häkelmafia mit diesem Buch nun auch ihre eigene Geschichte bekommen hat, und Franziska Lieder für das konspirative Lektorat, das mir großen Spaß gemacht und dem Buch den letzten Schliff verliehen hat.

Ein großes Dankeschön geht außerdem an meinen Agenten Dirk Meynecke für mittlerweile zehn Jahre inspirierender Zusammenarbeit, an meinen Vater, der das Vanillekipferlrezept der Weihnachtsbäckerei meiner Kindheit wiedergefunden hat, das eigentlich »Papis Vanillekipferlrezept« heißen müsste und an meine Frau für unsere Entdeckungsreisen, die immer neue Welten eröffnen.

Ganz besonders danke ich Ihnen, liebe Leserinnen und Leser, dass Sie Kari und die Häkelmafia seit so vielen Jahren begleiten und dafür sorgen, dass die alten Damen immer neue Abenteuer erleben dürfen – ich hoffe, das Buch hat Ihnen Freude gemacht.

OMAS VANILLEKIPFERL

Zutaten (ergibt ungefähr 140 Stück):

250 g abgezogene Mandeln
600 g Weizen
600 g weiche Butter
200 g brauner Zucker
abgeriebene Schale einer Zitrone

Zum Bestreuen:
4 Päckchen Vanillinzucker

Beheizung:

Herkömmlicher Herd:
E: Ober- und Unterhitze 180-200°
G: Stufe 2-3
Garzeit: 10-15 Minuten

Kombinationsherd mit Heißluft:
Umluft (2 Bleche) 160-180°
Backzeit: 20-25 Minuten

Zubereitung:

1. Abgezogene Mandeln mit der feinen Reibscheibe reiben.

2. Weizen in der Getreidemühle fein mahlen.

3. Alle Zutaten in die Rührschüssel geben und mit dem Knethaken zu einem glatten Teig verarbeiten. Im Kühlschrank zugedeckt 30 Minuten ruhen lassen.

4. Backblech mit Backpapier auslegen. Teig auf etwas Mehl 10–15 mm dick ausrollen und mit einem Trinkglas Kipferlformen ausstechen. Auf das Blech legen und backen.

5. Kipferl noch heiß in Vanillinzucker wenden.